THE
Tragicall Hiſtorie of
HAMLET
Prince of Denmarke

By William Shake-ſpeare.

As it hath beene diuerſe times acted by his Highneſſe ſer-
uants in the Cittie of London : as alſo in the two V-
niuerſities of Cambridge and Oxford, and elſe-where

At London printed for N.L. and Iohn Trundell.
1603.

햄릿

Hamlet

윌리엄 셰익스피어 지음 | 한우리 옮김

더스토리

차례

등장인물

햄릿(덴마크 왕자)

유령(햄릿의 아버지의 혼령)

클로디어스(덴마크 왕, 햄릿의 숙부)

거트루드(왕비, 햄릿의 어머니, 숙부의 아내)

폴로니어스(재상)

레어티즈(폴로니어스의 아들)

오필리어(폴로니어스의 딸)

레이날도(폴로니어스의 하인)

바나도(궁정의 근위대)

마셀러스(궁정의 근위대)

프란시스코(궁정의 근위대)

호레이쇼(햄릿의 친구)

로젠크란츠(햄릿의 옛 친구)

길든스턴(햄릿의 옛 친구)

볼티맨드(덴마크의 사절)

코넬리어스(덴마크의 사절)

포틴브라스(노르웨이 왕자)

영국 사신

두 광대

배우들

신사

제 1 막

제 1 장

엘시노어 성벽의 감시 초소

(두 보초, 프란시스코와 바나도 등장)

바나도 게 누구냐?

프란시스코 아니, 내 말에 대답하라. 서라. 누군지 밝혀라.

바나도 국왕 만세!

프란시스코 바나도인가?

바나도 그래.

프란시스코 교대 시간에 딱 맞춰 왔군.

바나도 막 12시를 쳤어. 가서 눈 좀 붙이게. 프란시스코.

프란시스코 고맙네. 끔찍하게 추운 날씨야.
마음까지 울적해지네.

바나도 보초 근무 중 이상 없었나?

프란시스코 쥐새끼 한 마리도 얼씬거리지 않았네.

바나도 그럼. 가 보게. 호레이쇼와 마셀러스를 만나거든 빨리 오라고 하고. 나와 같이 보초를 서기로 했다네.

(호레이쇼와 마셀러스 등장)

프란시스코 오는 소리가 들리는데. 멈춰라. 거기 누구냐.

호레이쇼 이 나라의 친구.

마셀러스 덴마크 왕의 충복이오.

프란시스코 그럼 수고들 하시게.

마셀러스 잘 가게, 프란시스코. 누가 교대했지?

프란시스코 바나도일세. 밤새 무사하게.

(프란시스코 퇴장)

마셀러스 여보게, 바나도!

바나도 여기 있네, 호레이쇼도 왔나?

호레이쇼 그렇다네.

바나도 잘 왔네, 호레이쇼. 어서와, 마셀러스.

호레이쇼 그게 오늘 밤에도 나타났나?

바나도 아직 아무것도 못 봤네.

마셀러스 호레이쇼는 그게 우리의 환상에 불과하다며 우리가 두 번이나 본 그 무서운 광경을 믿으려 하질 않네.
그래 내 오늘 밤 우리와 같이 철저히 망을 보자고 간청했네.
그 유령이 또 나타나면 우리의 눈을 믿어 줄 것이고
말이라도 걸어 볼 수 있겠지.

호레이쇼 나 참, 나타나지 않을 걸세.

바나도 좀 앉게나.
자네의 그 틀어 막힌 귓속을 다시 한 번 공격해 봐야겠어.
우리가 이틀 밤이나 본 걸 말해 줄 테니 들어 보게.

호레이쇼 그럼 앉아 보세. 바나도의 말을 들어 보자고.

바나도 바로 어젯밤,
북두칠성에서 서쪽으로 보이는 저 별이
지금 반짝이는 길을 따라 하늘을 밝히며
마셀러스와 나를 비추었을 때
마침 종이 1시를 쳤는데…….

(유령 등장)

마셀러스 이것 봐. 조용히. 그게 또 나타났어!

바나도 서거하신 국왕의 모습 그대로야.

마셀러스 자네는 학자니까, 호레이쇼. 말을 걸어 봐.

바나도 선왕의 모습 그대로가 아닌가? 잘 보라고. 호레이쇼.

호레이쇼 꼭 닮았어. 두렵고 놀라워 간담이 서늘해지는데.

바나도 말을 걸어 주길 바라는 것 같아.

마셀러스 말해 보게, 호레이쇼.

호레이쇼 이 야심한 시각에 나타난 네 정체가 뭐냐?

이미 승천하신 선왕께서 진군하실 때의 모습으로

늠름하게 무장까지 하고.

하늘을 걸고 명령하니 답하라.

마셀러스 기분이 상했나 봐.

바나도 저런, 뒷걸음질 치는데.

호레이쇼 멈춰라! 대답해라, 대답해. 명령이다.

(유령 퇴장)

마셀러스 가 버렸어. 대꾸하지 않을 거야.

바나도 저런, 호레이쇼. 자네 얼굴이 창백해져 떨고 있군.

이래도 환상에 불과하다고 할 텐가?

자, 어떻게 생각하는가?

호레이쇼 정말이지, 이 두 눈으로 똑똑히 보지 않았다면

신에게 맹세코 믿을 수 없었을 거야.

마셀러스 선왕의 모습 그대로가 아닌가?

호레이쇼 자네가 자네를 닮은 것처럼 똑같네.

선왕께서 저 야심만만한 노르웨이 왕과 싸웠을 때

입었던 갑옷 그대로더군. 그리고 그 찌푸린 표정,

담판 중에 진노하여 썰매를 탄 폴란드 병사들을
빙판 위에 때려눕혔을 때
그 표정 그대로였어. 이상한 일이군.

마셀러스 그 유령은 벌써 두 번씩이나
만물이 잠든 바로 이 시각에 진군하듯
우리 초소를 지나갔네.

호레이쇼 뭐라 짚어서 말할 수는 없지만
대충 내 마음에 떠오르는 생각으로는
이 나라에 무슨 변고가 일어날 징조 같네.

마셀러스 자, 이제 앉아서 얘기나 좀 해 주게.
무엇 때문에 밤마다 이리 엄격하고
철저히 경계해 백성을 괴롭히고
날마다 쇳물을 부어 대포를 만들고
외국에서 무기를 사들이나.
왜 조선공들을 징발해서 쉬는 날도 주지 않고
혹사를 시키는 건가?
무엇 때문에 이리 밤낮을 가리지 않고
땀 흘리며 서두느냔 말일세.
아는 사람은 얘기를 좀 해 주게.

호레이쇼 내가 말해 주겠네. 어쨌든 소문은 이렇다네.
방금 우리 앞에 나타난 선왕께서는 자네들도 알다시피

노르웨이의 포틴브라스 왕이 오만불손하게 도전해 오자
당당히 맞서 싸우셨지.
그 전투에서 용맹스러운 우리 햄릿 선왕께서
포틴브라스 왕을 베어 버렸단 말이야.
그리고 기사도의 법과 관례에 따라 맺은 계약대로
그의 목숨과 그가 소유한 영토는 승자에게 몰수당했지.
상호 간에 명백히 결정한 조약에 따라
그쪽 땅은 선왕에게 넘어온 거야.
그런데 죽은 노르웨이 왕의 아들 젊은 포틴브라스가
버릇이 없고 혈기에 넘쳐 노르웨이 변방 여기저기서
먹을 것만 주면 무슨 짓이든 할 무뢰배들을 긁어모아
흉계를 꾸미고 있다는 거야. 속셈은 뻔하지.
부친이 잃은 땅을
무력을 통해 되찾겠다는 의도가 분명하다는 말일세.
이것이 우리가 전쟁을 대비하는 동기요,
망을 보는 원인이자, 온 나라가
부산하게 법석이는 이유라네.

바나도 나도 그것 말고는 다른 이유가 없다고 보네.
선왕의 모습으로 보초를 선 우리 앞을 지나간
그 불길한 형체가 틀림없이
과거와 지금 이 두 전쟁과 관계가 있는 것 같아.

호레이쇼 티끌 하나로도 마음의 눈을 어지러이 한다더니.

화려한 로마의 전성기
위대한 카이사르가 쓰러지기 직전에도
무덤은 그 주인을 잃고 수의를 걸친
유령들이 삐걱대고 중얼대며
로마의 거리에 쏟아져 나왔다는 거야.
별들은 불꼬리를 달고
핏빛 이슬이 내리고 태양은 빛을 잃었다지.
바다의 신 넵튠을 지배하는 달도
말세라는 듯 병이 들었다네.
운명을 알리는 전령처럼 흉조의 서곡처럼
하늘과 땅이 이 나라와 백성들에게 보여 준 거야.

(유령 재등장)

쉿, 저길 보게! 그게 다시 나타났네!
길을 막아 보세! 내가 산산조각이 나더라도.

(유령이 양팔을 벌린다)

말할 수 있거나 소리를 낼 수 있다면 말하라.
너의 마음을 진정시키고 내게도 도움 줄 수 있다면 말하라.
미리 알면 피할 수도 있는 이 나라의 운명을

혼자 간직하고 있다면 말하라!

아니면 생전에 땅속 깊이 묻어 둔 재물을 찾아

방황하는 거라면 말하라!

(닭이 운다)

멈춰라! 말을 하라니까! 마셀러스! 길을 막게!

마셀러스 이 창으로 찌를까?

호레이쇼 그러게, 서지 않는다면.

바나도 여기다!

호레이쇼 여기다!

(유령 퇴장)

마셀러스 사라졌어! 우리가 잘못했네.

그렇게 위풍이 당당한 분을 난폭하게 대했으니.

공기처럼 해칠 수 없는 존재인데

우리의 헛된 공격만 꼴사납게 되었네.

바나도 막 입을 열려고 했는데 수탉이 울었어.

호레이쇼 닭이 울자 무서운 호출을 받은 죄인처럼 놀라더군.

새벽을 알리는 나팔수인 닭이 그 높고 날카로운 목소리로

태양신을 깨운다는 말을 들었네, 그 소리에

바다와 불, 땅과 공중을 헤매던 유령들이

황급히 거처로 돌아간다더니

눈앞에서 바로 그 증거를 보았네.

마셀러스 닭이 울자 사라졌어.

구세주의 탄생을 축복하는 철이 되면
새벽닭이 운다지. 그러면 어떠한 유령도 감히
나타나지 못하고 밤은 안전하게
어떤 별도 변덕을 부리지 못하고
요정도 요술을 못 부리고
마녀도 마법의 힘을 상실한다는 게야.
성스럽고 자비로운 계절이지.

호레이쇼 나도 들은 얘기지만 반만 믿었지. 저기를 보게.

아침이 붉은 도포를 걸치고
저 높은 동쪽 언덕의 이슬을 밟으며 걸어오네.
보초는 그만 서게. 지난밤
우리가 본 것을 햄릿 왕자님께 전하세.
그 유령이 우리에게는 침묵을 지켰지만
왕자님께는 말을 할 거야.
자네들도 동의하겠지만,
지난밤에 일어난 일을 말하는 것이
우리의 우정이요, 의무가 아니겠는가?

마셀러스 그렇게 하세. 아침에 어디에서 왕자님을 쉽게 뵐 수 있는지 내가 아네.

(모두 퇴장)

제2장

성안

(클로디어스 왕, 왕비 거트루드, 폴로니어스와 그의 아들 레어티즈, 볼티맨드, 코넬리어스, 햄릿, 궁신과 시종 등장)

왕 친애하는 과인의 형님 햄릿 선왕의 기억이
아직도 생생한바
모두 가슴에 슬픔을 안고
온 왕국이 비탄의 주름살을 짓는 것이 마땅하지만
과인은 분별심으로 애끓는 마음을 이겨 내
지혜로운 슬픔으로 선왕을 애도하면서도
우리의 일도 생각하였소.
그래서 한때는 형수요, 지금은 왕비이며

당당한 이 나라의 왕권을 나와 같이 이어 갈 사람을
아내로 맞이했으니,
이지러진 기쁨이라 해야 할지
한 눈에는 행복을 담고, 한 눈에는 눈물을 담아
축복으로 장례식을, 슬픔으로 결혼식을 거행하니
기쁨과 슬픔을 꼭 같이 저울질하는 심정이오.
이 일에 대해서는 경들의 슬기로운 충고를 막지 않았고
경들 모두 흔쾌히 동의해 주었으니
이 모든 일에 감사할 뿐이오.
다음 일은 경들도 알 것이오.
얼마 전 왕자 포틴브라스는 우리를 얕잡아 보아
친형이었던 선왕의 서거로
나라가 혼돈스러울 거라 생각했는지
자신이 우월한 입장에 있다는 허황한 꿈에 빠져
법조문을 근거삼아
그의 부친이 가장 용맹했던 나의 친형에게
빼앗겼던 영토를 반환하라는 서신을 보내
우리를 괴롭히고 있소.
그자에 대해선 이만하기로 하고
과인은 이 자리에서 다음과 같이 일을 처리하려 하오.
여기 쇠약하여 요양 중인 포틴브라스 왕자의 숙부,

노르웨이 왕에게 보낼 친서가 있소.
그는 조카의 음모를 모르고 있지.
서신에는 노왕으로 하여금
포틴브라스의 계획을 제압해 달라고 적었소.
왜냐하면 포틴브라스의 모병들과 군대가
노왕의 백성들로 구성되기 때문이지.
여기 코넬리어스 경과 볼티맨드 경을
친서를 전하는 사신으로 파견할 테니
회담에 임하고, 친서에 명시되어 있는
사항 이상의 권한은 부여되지 않았음을 명심하시오.
잘 가시오. 서둘러 임무를 완수하시오.

코넬리어스, 볼티맨드 분부하신 대로,
어떤 일에도 충성을 다하겠습니다.

왕 믿어 의심하지 않겠소. 진심으로 잘 가시오.

(코넬리어스, 볼티맨드 퇴장)

자, 그럼 레어티즈, 무슨 일인가?
청이 있다 했는데, 그것이 무엇인가?
레어티즈. 이치에 맞는 말이라면
덴마크의 왕이 들어주지 않을 리 없지.
네가 원하는 것이 있다면 간청하지 않아도
자진해서 들어줄 것이다.

머리와 심장이 하나이고 손과 입이 단짝이라 한들
덴마크의 왕좌와 너의 아버지와의 관계보다는 못할 게다.
청이 무엇인가, 레어티즈?

레어티즈 황공하오나
소신을 프랑스로 돌아가게 허락해 주십시오.
폐하의 대관식에 참관하고자 왔고 그 의무를 다했으니
신의 마음은 이미 프랑스를 향하고 있습니다.
관용으로 소신의 출국을 허가해 주십시오.

왕 부친의 허가는 받았는가? 어떻습니까, 폴로니어스?

폴로니어스 그러하옵니다. 폐하.
계속되는 간청에 마지못해 승낙하였습니다.
제 자식이 떠날 수 있도록 허락해 주시기를 간청합니다.

왕 마음껏 즐기도록 해라, 레어티즈.
시간은 네 것이니 네 뜻대로 써라.
그건 그렇고,
나의 조카이자 아들인 햄릿—

햄릿 (방백) 친척보단 가깝고 혈육보단 멀지.[1)]

왕 어찌하여 아직도 구름에 싸여 있느냐?

---

1) 원문 "A little more than kin, and less than kind"이다. 햄릿은 첫 대사부터 냉소적으로 동음이의어를 통해 이중적인 의미를 내포한 말을 함으로써 앞으로 두 인물 간에 벌어질 신경전과 복수를 암시한다. 그는 숙부 클로디어스가 자신의 아버지가 된 상황을 못마땅해하고 있다.

햄릿 아닙니다. 오히려 태자라 태양빛을 너무 쬐고 있습니다.

왕비 햄릿, 밤처럼 어두운 그림자를 버리고
친구의 눈으로 정답게 덴마크 왕을 보도록 해라.
계속 눈을 내리깔고 지하에 묻힌
고귀한 아버지만을 찾으려 말고.
너도 알겠지만 모든 생명은 죽기 마련이고
이승을 거쳐 영원으로 가는 것은 흔한 일이다.

햄릿 예, 왕비 마마. 흔한 일이지요.

왕비 그런데 그것이 왜 네게는 유독 유별하게 보이느냐?

햄릿 보인다니요, 어머니? 아닙니다. 유별난걸요.
저는 '보인다'는 말은 모릅니다.
이 검은 외투, 격식을 갖춘 엄숙한 상복,
억지로 토해 내는 듯한 한숨, 줄줄 흐르는 눈물,
실의에 빠진 표정, 슬픔의 상징이라 할 모든 형식과
기분과 모양새를 다 합쳐도
저의 진심은 표현할 수 없습니다.
그런 것은 정말 '보이는' 것들이죠.
그건 누구나 꾸며낼 수 있는 행동이니까요.
그러나 제 속에는 겉으로 보여 줄 수 없는 것들이 있습니다.
이런 건 비통의 옷이고 장신구일 뿐입니다.

왕 아버지의 죽음에 애도의 의무를 성실히 수행함은 왕자의 본성이 어질고 훌륭한 탓이다.
그러나 너의 아버지도 아버지를 잃었고
그 아버지도 또 그 아버지를 잃었다.
살아 남은 아들이 얼마간 애도를 표하는 것은
자식으로서 효성을 다하는 일이지만 완고하게
애도를 고집하는 일은 불경하게 고집부리는 일이요,
사내답지 못한 슬픔이다.
그것은 하늘을 거역하는 일이고
마음 약하고 조급한 소치며
우둔하고 배우지 못한 행위라고 볼 수밖에 없구나.
피할 수 없고 누구나 다 아는 흔해 빠진 것을
어째서 고집을 부려 가슴에 간직하려 안달하느냐?
그건 하늘과 망자와 자연을 거스르는 일이고
이성에 비추어 보아도 불합리하다.
이성은 최초의 주검부터 오늘 죽은 자까지
죽음은 어쩔 수 없는 일이라 불러오지 않았느냐?
그러니 그 부질없는 슬픔을 땅에 내던지고
나를 아버지로 대해 다오.
온 세상에 알리는 바,
너는 나의 왕권을 계승할 것이며,
친아버지 못지않은 고귀한 사랑을 네게 주마.

비텐베르크 대학으로 돌아가겠다는
너의 소원은 나의 뜻과는 어긋나니
제발 여기에 머물러 나의 가장 중요한 중신으로, 조카로,
그리고 아들로, 우리의 눈에 기쁨과 위로가 되어 다오.

왕비 네 어미의 기도를 헛되게 하지 말아 다오.
햄릿, 제발 우리와 함께 머물러 다오.
비텐베르크에는 가지 말고.

햄릿 성의를 다해 어머니 뜻에 따르겠습니다.

왕 참 기특하고 훌륭한 대답이다.
덴마크에서 편히 지내도록 해라. 자, 왕비. 가십시다.
햄릿이 이리 부드럽고 순순히 승낙하니
내 마음은 기쁘오.
이 기쁨을 나누기 위해 주연을 열어
덴마크의 왕이 축배를 들 때마다
구름을 향해 축포를 터뜨려,
하늘이 천둥으로 메아리쳐 왕의 주연을 알리게 합시다.
자, 갑시다.

(나팔 소리. 햄릿만 남고 모두 퇴장)

햄릿 아, 이 더럽고 더러운 살덩어리가 녹아 흘러
한 방울의 이슬이 될 수 있다면!
하늘이 자살을 금지하는 계명을 정해 놓지 않으셨다면!

오, 하느님! 하느님! 이 세상만사가 어쩌면 이토록
내게는 지루하고 김빠지고 단조롭고
부질없게만 보이는구나.
아, 역겹다! 역겨워! 잡초만이 무성하게 자라
퇴락하는 정원처럼
썩고 더러운 열매가 득실거리는 판이구나.
이렇게 되다니.
서거하신 지 불과 두 달. 아니지. 두 달도 채 못 되었어.
그렇게 훌륭하신 왕이셨는데.
그분이 태양의 신이라면
현재의 왕은 반인반수의 괴물이지.
어머니를 무척 사랑하신 아버지께선
거친 바람이 어머니의 얼굴을 스치지 못하게 하셨지.
천지신명이시여. 제가 그런 일까지 기억을 해야 합니까?
어머니도 먹으면 먹을수록 그 음식이 탐이 나듯
잠시도 아버지 곁을 떠나지 않으셨는데.
그러던 어머니가 채 한 달도 못 되어—
더 이상 생각하지 말자.
약한 자여, 그대 이름은 여자로다.
한 달도 못 되어, 니오베처럼 울며불며
아버님 시신을 따라갈 때 신었던

그 신발이 채 닳기도 전에
어째서 어머니는, 왜 어머니는—아, 신이시여. 분별심이 없는 짐승도 이보다는 오래 애도했을 거야—숙부와 결혼하셨을까?
아버지의 동생이지만 전혀 닮지 않았어.
내가 허큘리스와 닮지 않은 것처럼.
한 달도 못 되어 그 거짓 눈물의 소금기로 충혈된 흔적이
채 가시기도 전에 결혼을 하시다니.
참, 더럽게 빠르구나.
그토록 능란하게 근친상간의 잠자리로 달려가다니!
좋지 않아. 좋게 될 수도 없는 일.
그러나 가슴이 터지는 한이 있어도 입을 다물고 있어야 해.

(호레이쇼, 마셀러스, 바나도 등장)

호레이쇼 안녕하셨습니까, 왕자님.

햄릿 건강한 모습으로 만나서 기쁘군. 호레이쇼 아닌가?
아니라면 내가 정신이 없나?

호레이쇼 제가 맞습니다. 변함없는 왕자님의 하인이죠.

햄릿 이보게, 친구. 나도 자네의 하인이 되겠네. 호레이쇼,
그런데 비텐테르크에서 무슨 일로 돌아왔나?

마셀러스 아닌가?

마셀러스 예, 왕자님.

햄릿 만나서 반갑네. (바나도에게) 저런, 자네도 반갑네—

그런데 무엇 때문에 비텐베르크를 떠났는가?

호레이쇼 제가 게으른 탓이지요, 왕자님.

햄릿 자네의 원수가 그런 말을 해도 안 듣겠네.

하물며 스스로 욕하는 말로

내 귀를 괴롭히도록 두지 않겠네.

나는 자네가 게으름뱅이가 아닌 줄로 아네.

자, 무슨 일로 엘시노어에 왔는가?

떠나기 전에 잔뜩 취하는 법을 가르쳐 주겠네.

호레이쇼 선왕의 장례식에 참석하고자 왔습니다.

햄릿 제발 나를 놀리지 말게, 학우여.

내 어머니의 결혼식을 보러 왔겠지.

호레이쇼 정말이지, 왕자님. 연달아 있었지요.

햄릿 호레이쇼, 절약이라네, 절약.

장례식에 요리한 고기를 식혀 결혼 잔칫상에 올려놓았지.

그런 꼴을 보느니

차라리 저승에서 원수를 만나는 편이 나을 거야.

호레이쇼, 아버지—내 아버지를 본 것 같아.

호레이쇼 어디서요? 왕자님.

햄릿 호레이쇼, 내 마음속의 눈에서라네.

호레이쇼 저도 한 번 그분을 뵈었습니다. 훌륭한 왕이셨죠.

햄릿 정말 훌륭한 분이셨지. 다시는 그렇게
우러러볼 분을 뵐 수는 없을 거야.

호레이쇼 왕자님, 어젯밤 제가 그분을 뵌 것 같습니다.

햄릿 누굴 봐?

호레이쇼 왕자님의 아버님이신 선왕 말입니다.

햄릿 선왕, 나의 아버지를?

호레이쇼 잠시 진정하시고 귀를 기울여 주십시오.
이 두 사람들의 증언과 함께
그 기이한 일을 전해 드리겠습니다.

햄릿 제발 들려주게나!

호레이쇼 이틀 동안 여기 이 마셀러스와 바나도가
쥐 죽은 듯 고요한 밤중에, 보초를 서다가 만났답니다.
선왕의 생전 모습 그대로 머리에서 발끝까지
완전 무장을 하고 나타나
엄숙하고 천천히 당당하게 이들 곁을 지나갔답니다.
세 번씩이나 이들의 당황하고 겁에 질린 눈앞에
움직이면 지휘봉이 닿을 만큼 가까이 지나가는 동안
이 사람들은 공포에 질려 멍하니 선 채
말 한마디 건네지 못했답니다.

이 엄청난 비밀을 저한테만 얘기해 주기에
저도 사흘째 밤에 함께 보초를 섰는데 바로 그 자리에서
이들이 말한 그대로, 같은 시간에 같은 형체로,
그 유령이 나타났습니다.
저는 왕자님의 아버님을 잘 압니다.
그 유령은 저의 두 손이 닮은 것보다 더 선왕과 닮았습니다.

햄릿 그 장소가 어딘가?

마셀러스 보초를 서는 망루 위였습니다.

햄릿 말을 걸어 봤나?

호레이쇼 말을 걸었지만 대답이 없었습니다.
제 생각입니다만 그 유령은 머리를 들고
마치 말을 할 것처럼 보였는데,
바로 그때 새벽닭이 요란하게 울자,
그 소리에 놀란 듯
황급히 저희들 시야에서 사라졌습니다.

햄릿 그것 참 이상하구나.

호레이쇼 제가 살아 있는 것이 틀림없는 사실이듯
왕자님, 이 일은 사실입니다.
이 일을 왕자님께 말씀드리는 것이
저희의 의무라는 생각이 들었습니다.

햄릿 그렇고말고. 그러나 심상치 않은 일일세.

오늘 밤에도 보초를 서는가?

모두 네, 왕자님.

햄릿 무장을 하고 있었다는 거지?

모두 네. 무장을 하고 있었습니다.

햄릿 머리에서 발끝까지?

모두 네, 머리에서 발끝까지.

햄릿 그럼 얼굴을 못 보았나?

호레이쇼 보았습니다, 투구의 면갑이 열려 있더군요.

햄릿 그래? 찌푸린 표정이었나?

호레이쇼 분노보다는 슬픔에 찬 얼굴이었습니다.

햄릿 얼굴은 창백하던가, 아니면 붉었나?

호레이쇼 아주 창백했습니다.

햄릿 자네를 쳐다보던가?

호레이쇼 뚫어지게 보던걸요.

햄릿 나도 그 자리에 있었더라면.

호레이쇼 왕자님도 많이 놀라셨을 겁니다.

햄릿 그랬을 테지.

오래 머물러 있었나?

호레이쇼 적절히 빠른 속도로 백을 셀 정도였지요.

마셀러스, 바나도 그것보다는 길었네.

호레이쇼 내가 봤을 때는 그 정도였네.

햄릿 수염은 반백이던가?

호레이쇼 생전에 뵈었던 것처럼

은빛이 섞인 검은 수염이었습니다.

햄릿 오늘 밤 나도 망을 봐야겠다.

그 유령이 또 나타날지 모르니까.

호레이쇼 분명 나타날 겁니다.

햄릿 그것이 내 아버지의 모습 그대로라면

지옥이 아가리를 벌려 조용히 하라고 한대도

말을 걸어 보겠네.

여태 모두 이 일을 숨겨 둔 것처럼

앞으로도 이 일을 침묵 속에 묻어 주게.

그리고 오늘 밤 무슨 일이 일어나건

마음속으로 간직할 뿐 입 밖에 내진 말아 주게.

자네들의 노고에 대해서는 후에 보답할 테니.

그럼 잘들 가게.

11시에서 12시 사이에

그 망루로 찾아갈 테니.

모두 의무를 다 하겠습니다.

햄릿 의무가 아니라 우정이네. 잘 가게.

(햄릿만 남기고 모두 퇴장)

아버지의 혼령이 나타났다고! 무장을 하고!

심상치 않아. 흉계가 있는지 모르지.

어서 밤이 왔으면!

그때까지는 조용히 있자, 흉측한 일은

아무리 땅속 깊이 파묻어도 사람의 눈에 드러나는 법.

(퇴장)

제3장

폴로니어스의 집

(레어티즈와 누이동생 오필리어 등장)

레어티즈 내 짐은 배에 다 실었다. 잘 있어라, 동생아.
바람이 잔잔해 선편이 있거든 잠만 자지 말고
소식이나 들려 다오.

오필리어 안 그럴까 봐서요?

레어티즈 햄릿 왕자의 조그만 호의는
유행이자 젊음의 객기로 받아들여라.
이른 봄에 핀 제비꽃처럼 일찍 피었지만 일찍 시들고,
향기도 오래가지 못하니,
한순간의 향기일 뿐 그 이상은 아니다.

오필리어 그뿐이라고요?

레이티즈 그뿐이라 생각해라.

사람의 성장이란 근육이나 덩치만 커지는 것 아니고
몸과 더불어 마음과 영혼의 확대도 동반하는 법이다.
지금은 왕자께서 너를 사랑하실 테지.
아직은 악의나 속임수가
그의 순결한 뜻을 더럽히지 않았을 테니.
그러나 명심해라.
그분의 높은 신분은 그의 뜻대로 하지 못하게 하니 말이다.
타고난 신분에 얽매여
보잘것없는 이들처럼 원하는 대로 행동할 수 없으니.
그분의 결정에 일국의 안위가 걸려 있는 거야.
그러니 배필을 선택함에 있어서도
그분이 머리라면 몸이라 할 수 있는 백성들의 승낙에 이끌려 갈 수 밖에 없단다.
그분이 너를 사랑한다 해도 왕자 신분의 범위 내에서
덴마크 사람들이 찬성하는 만큼만
하신 말씀을 믿는 것이 현명한 처사다.
그러니 그분의 노래를 곧이곧대로 믿고 넋을 잃거나
또는 막무가내 간청에 못 이겨 보석 같은 정조를 내주면
어떤 불명예를 당할지 모르니 조심해라,

오필리어. 사랑하는 누이여.
애정에서 멀리 떨어져 욕정의 화살 거리밖에 있도록 해라.
정숙한 처녀는 그 아름다운 얼굴을
달에게 보여도 방탕하다는 말을 듣는 법.
정숙 그 자체도 악담은 피하지 못한다.
봄철 어린 꽃도 흔히 그 봉오리가 싹트기 전에
벌레한테 먹히는 수가 있고,
청춘이라는 아침 이슬은 독기 찬
공기에 더욱 쉽게 병에 걸리니.
그러니 조심해라. 조심하는 게 상책이야.
청춘은 옆에 누구 하나 없어도 스스로 유혹에 빠지니까.

오필리어 이 귀중한 가르침을
마음의 파수꾼으로 간직하겠어요.
그렇지만 오빠, 타락한 목사처럼 제게는
천당에 이르는 험한 가시밭길을 가리키면서
자기는 방탕하고 무절제한 바람둥이처럼
자기 설교는 잊어버리고 환락의 꽃길을 걷는
그런 사람이 되지는 마세요.

레어티즈 아, 내 걱정은 마라!
너무 지체했구나.

(폴로니어스 등장)

아버지가 오시는군.
축복이 두 배면 은혜도 두 배겠지.
운이 좋아 또 한 번 인사를 드리게 되었구나.

폴로니어스 레어티즈, 아직 여기 있었느냐!
어서 배를 타지 않고!
바람을 안은 돛이 너 때문에 지체하고 있구나.
자, 내 축복을 받아라.
몇 마디 충고를 할 테니 네 기억 속에 새겨 둬라.
생각한 바를 쉽사리 입 밖에 내지 말고
설익은 생각을 섣불리 행동에 옮기지 마라.
친절하되 천박하게 굴지는 마라.
겪어 보고 친구를 사귀되 한번 사귄 친구는
쇠사슬로 묶어서라도 놓치지 말고,
그렇다고 햇병아리 풋내기 친구들과 손잡고
노닥거리느라 손바닥이 닳아서도 안 되고,
싸움판에는 끼어들지 말 것이며 일단 말려들거든
상대방에게 네가 어떤 존재라는 걸 명심하게 해라.
모든 이에 귀를 기울이되 네 말은 삼가야 한다.
남의 의견은 존중하되 네 판단은 섣불리 입 밖에 내지 마라.

주머니 사정이 허용하는 한 비싼 옷을 입되
야단스러운 차림은 안 된다.
고급스럽되 천박하지 않게 입어라.
의복은 인격을 말해 주기 때문이다.
프랑스의 지위도 계급도 높은 이들은
가장 세련되고 고상한 차림을 한단다.
돈은 꾸지도 말고 빌려 주지도 마라.
빌려 주면 돈과 친구를 한꺼번에 잃기 쉽고
빌리면 절약의 습성이 무뎌진다.
무엇보다도 자기 자신에 충실해라.
이것만 지키면 밤이 낮을 따르듯 자연히
너는 남을 거짓으로 대할 수 없을 것이다. 잘 가거라.
부디 내 말을 명심해라.

레어티즈 그럼 이만 떠나겠습니다.

폴로니어스 시간이 너를 재촉하는구나.
가 봐라, 하인들이 기다리고 있으니.

레어티즈 잘 있어라, 오필리어.
내가 한 말을 잘 명심해라.

오필리어 그 말씀을 제 기억 속에 자물쇠로 채워 둘 테니
열쇠는 오빠가 간직하세요.

레어티즈 잘 있어.

(레어티즈 퇴장)

폴로니어스 오필리어, 오빠가 너한테 무슨 얘기를 하더냐?

오필리어 햄릿 왕자님에 관한 얘기예요.

폴로니어스 마침 참 잘되었다.

듣자니 요즘 왕자께서는 자주 내밀히 너를 방문하고
너도 아무 때나 그분의 얘기를 흔쾌히 들어 준다더구나.
그게 사실이라면—내게 조심하라고 귀띔해 주는 이도
있다마는—네게 분명히 해 둘 것은
너는 내 딸답게, 정숙한 처자로서
처신을 똑바로 못 하고 있다.
둘이 어떤 사이냐? 사실대로 말해라.

오필리어 아버지, 최근 그분께서 제게 여러 번
애정 고백을 하셨어요.

폴로니어스 애정? 허어! 너는 위험이란 전혀 모르는
새파란 애송이 철부지처럼 말하는구나.
너는 그 애정 고백을 약속이라고 믿는 게냐?

오필리어 어떻게 생각해야 할지 저도 모르겠어요.

폴로니어스 이거야 원, 내가 가르쳐 주마.
공수표 같은 그런 고백을 진짜 돈으로 여긴
너 자신을 어린애로 여겨라.
좀 더 값비싸게 처신하란 말이야.

그렇지 않으면—말을 돌려 하면—
너는 이 아버지를 바보 취급당하게 만들 거다.

오필리어 아버지, 그분은 점잖은 방식으로
사랑을 말씀하셨어요.

폴로니어스 '방식'이라고, 잘한다, 잘해.

오필리어 신성한 맹서와 함께 진실하게 말씀하셨어요.

폴로니어스 그게 바로 새를 잡는 덫이란 말이다. 알겠느냐.
피가 끓으면 마음은 함부로 혀가 맹서를 하게 두는 법,
얘야, 타는 불은 환히 빛을 내지만 열은 없어.
약속이라는 것도 다짐하는 동안 빛도 열도 꺼지기 쉬우니
그런 걸 약속이라고 생각하면 안 된다.
앞으로는 처녀답게 몸가짐을 더욱 신중히 하고
만나자고 해서 함부로 응할 것이 아니라
좀 더 도도하게 굴도록 해라. 햄릿 왕자는
젊은 분이고 너보다는 자유롭게
행동하실 수 있는 분이니.
오필리어, 그의 맹세를 믿지 마라.
사내의 맹세란 중매쟁이같이,
속이기 위해서 고상하고 경건한 척하는 거란다.
이게 결론이다. 분명히 말해 두지만
이 순간부터는 햄릿 왕자에게

글을 보내거나 말을 해서는 안 된다.

내 명령이니 명심해라. 자 가자.

오필리어　말씀에 따르겠어요.

(모두 퇴장)

제4장

성벽의 감시 초소

(햄릿, 호레이쇼, 마셀러스 등장)

햄릿 바람이 매섭게 부니 몹시 춥구나.

호레이쇼 정말 살을 에는 듯한 바람입니다.

햄릿 지금이 몇 시인가?

호레이쇼 아직 12시는 못 되었습니다.

마셀러스 아니, 12시를 쳤는걸.

호레이쇼 그래? 듣지 못했는데.

그럼 유령이 전처럼 나타날 시간이 다 되었군.

(나팔 소리 이어 대포가 두 발 발사된다)

무슨 일입니까? 왕자님?

햄릿 왕이 오늘 밤 늦도록 주연을 열어
마시고 비틀거리며 광란의 춤을 추고 있다네.
왕이 독일산 포도주 잔을 비울 때마다
북치고 나팔 불며 요란하게 축하하지.

호레이쇼 그게 관례인가요?

햄릿 그렇다네.
그러나 내 비록 이 나라 태생이라
이런 습관에 젖어 있지만
저런 습관은 지키기보다는
깨는 것이 명예로울 것 같네.
저렇게 머리가 터지도록 퍼마시니
동서를 막론하고 우리를
술주정뱅이라고 부르고 돼지라 몰아세우지.
그러니 애써 이룩한 공적도
명성의 알맹이는 사라지고 마는 걸세.
개인도 마찬가지라네.
태어날 때부터 결점이 있다고 하면
그건 그 사람의 잘못은 아니지
태어날 때 마음대로 천성을 선택할 수는 없으니까.
또는 어떤 한 가지 기질이 지나쳐
이성의 울타리와 성벽을 무너뜨리기 때문에

도를 넘어 예의를 해칠 때는
그것이 자연의 선물이건 운명의 장난이건
그 외의 장점이 제아무리 순수하고 무한할지라도
바로 그 결점 때문에 비난받을 수밖에 없네.
티끌만 한 악 때문에 모든 고상한 미덕이
비난을 받는다는 말일세.

(유령 등장)

호레이쇼 보십시오, 왕자님 나타났습니다.

햄릿 천사와 수호신이여, 이 몸을 지키소서!
그대가 선한 정령이든 저주받은 악령이든
천상의 바람을 타고 왔든 지옥의 돌풍을 몰고 왔든
네 의도가 악하든 자비롭든 간에
질문 가능한 모습으로 왔으니 난 네게 말을 걸겠다.
내 그대를 햄릿, 선왕, 아버지,
덴마크 왕으로 부르겠다.
대답하라. 갑갑해서 내 심장이 터질 지경이다.
신성한 장례식을 거쳐 매장된 몸이
왜 수의를 찢고 나타났는가?
무덤은 왜 그 육중한 대리석 아가리를 벌려

그대를 다시 뱉어 냈는가?

무슨 뜻이 있어 이미 죽은 시체가 다시 완전무장을 하고

구름 사이 달빛 아래 나타나 이 밤을 스산하게 만드느냐?

자연에 우롱당하는 나약한 인간의 생각으로는

도저히 미치지 못할 불가사의로

정신을 뒤흔들어 놓는 이유는 무엇인가?

무엇인가? 무엇 때문인가? 어떻게 하라는 건가?

(유령이 햄릿에게 손짓한다)

호레이쇼 유령이 함께 가자고 왕자님을 부르는데요,

뭔가 왕자님께만 드릴 말이 있다는 듯이요.

마셀러스 보십시오. 아주 정중한 태도로

외딴곳으로 가자고 손짓합니다.

그렇지만 같이 가셔서는 안 됩니다.

호레이쇼 안 됩니다. 절대로.

햄릿 여기서 말하지 않을 걸세. 따라가야겠어.

호레이쇼 가시면 안 됩니다.

햄릿 아니, 두려울 게 뭐가 있는가?

목숨은 바늘 하나의 가치도 없지만,

내 영혼이야말로 저 유령만큼 불멸인데

저 유령이 나에게 무슨 짓을 할 수 있겠나.

또 손짓을 하는군. 따라가야겠다.

호레이쇼 저것이 왕자님을 급류나
바닷가의 무서운 절벽 꼭대기로 유인하고 나서
어떤 끔찍한 형태로 돌변해 이성을 앗아가 미치게 하면
어쩌시렵니까?
조심하십시오. 그런 곳에서
파도 소리 요란한 바다를 내려다보노라면
이렇다 할 이유 없이도
뛰어내리고 싶은 절박한 충동에 사로잡히니까요.

햄릿 아직도 나를 부르고 있어. 그래, 따라가겠다.

마셀러스 가시면 안 됩니다. 왕자님.

햄릿 이 손 치워라.

호레이쇼 진정하십시오. 가시면 안 됩니다.

햄릿 운명이 나를 부른다.
이 몸의 모든 근육이 네메아의 사자 힘줄처럼 단단해졌다.
아직도 나를 부르고 있어. 이 손 놓으라니까.
맹세컨대, 나를 막는 자는 유령으로 만들겠다.
비켜라! 앞서 가라, 너를 따르겠다.

(유령과 햄릿 퇴장)

호레이쇼 허깨비에 홀리셨군.

마셀러스 따라갑시다. 이렇게 복종해선 안 되지.

호레이쇼 뒤따라가자. 이 일이 어떻게 될까?

마셀러스 이 나라 덴마크의 무언가가 썩고 있어.

호레이쇼 하늘이 인도하시겠지.

마셀러스 그만하고, 왕자님을 쫓아갑시다.

(모두 퇴장)

제5장

성으로부터 외떨어진 곳

(유령과 햄릿 등장)

햄릿 어디까지 끌고 갈 셈이냐. 말하라.

더 이상은 가지 않겠다.

유령 들어라.

햄릿 그러지.

유령 시간이 거의 다 되었다.

내가 고통스런 유황불에 몸을 맡겨야 할 시간이.

햄릿 불쌍한 유령이구나!

유령 동정은 집어치우고 이제 내가 하는

말을 명심해서 들어라.

햄릿 말해라. 들을 준비는 다 되었다.

유령 듣고 나면 반드시 복수를 해야 한다.

햄릿 뭐라고?

유령 나는 네 아비의 혼령이다.

밤에는 얼마간 돌아다니다가
낮에는 불에 갇혀 굶어야 할 운명이다.
생전에 지은 죄, 타서 씻어질 때까지
내가 갇힌 곳의 비밀을 말하는 것이
금지되어 있지만 않다면 단 한마디로도
네 영혼을 전율케 하고, 젊은 피를 얼어붙게 하며
두 눈은 제자리를 벗어난 별처럼,
땋아 묶은 머리채를 풀어헤쳐
성난 고슴도치의 털처럼 곤두세우게 할 것이다.
그러나 저 세상의 비밀은 육신을 가진
인간에게는 들려줄 수 없는 일,
들어라, 오 들어라,
네가 진정 아비를 사랑한 적이 있었다면—

햄릿 오, 하나님!

유령 그 가장 더럽고 비열한 살인자에게 복수를 해 다오.

햄릿 살인!

유령 모든 살인은 더럽지만

이것이야말로 가장 더럽고 비정하며 비열한 살인이다.

햄릿 어서 말해 주시면, 명상처럼
아니면 사랑의 상념처럼 빠르게 날아가 복수하겠습니다.

유령 그러겠지.
내 말을 듣고도 꿈쩍하지 않는다면
너는 저승 망각의 강가에 멋대로 뿌리내린
무성한 잡초보다도 둔할 것이다.
자, 햄릿, 들어 봐라, 내가 정원에서 낮잠을 자다
독사에게 물려 죽었다고 알려져 있지.
그 조작된 보고에 덴마크 온 백성의 귀가 야비하게
속고 있다. 그러나 내 아들아, 알아 둬라.
네 애비를 문 그 독사가 지금 왕관을 쓰고 있다는 것을.

햄릿 아, 내 예감이 맞았어! 숙부가!

유령 그렇다. 그 짐승같이
불륜과 간통을 일삼는 바로 그놈이다.
요술 같은 간계와 반역의 재주로—
오, 사악한 기지와 재주의 선물로 유혹하다니—
가장 정숙해 보이던 왕비의 마음을
수치스런 욕정의 품으로 끌어갔다.
아, 햄릿. 이 얼마나 끔찍한 타락이냐.
결혼 서약을 지키며 기품 있게 사랑한 나를 버리고

나보다 천성이 덜떨어지는 그놈의 품에 안기다니
정조란 음탕함이 천사의 모습으로
유혹을 해도 동하지 않지만
음탕한 여자는 천사와 짝이 되어도
그 천상의 잠자리에 싫증 내고
쓰레기 더미를 파먹는구나.
가만, 새벽의 공기를 맡은 것 같다.
간단히 얘기하마. 내 오후의 습관처럼
그날도 정원에서 낮잠을 자고 있었는데
네 숙부가 편히 쉬고 있는 틈을 타
사리풀 독즙 병을 들고 들어와
내 귓가에 그 살을 썩히는 액체를 들이부었다.
이 독약은 피와는 상극이라,
수은처럼 재빨리 몸의 혈관을 돌며
마치 우유에 떨어뜨린 식초 방울처럼
삽시간에 맑은 피를 엉기어 굳게 만드니
내가 이 꼴을 당했다.
내 몸은 순식간에 부스럼으로 뒤덮여
문둥이처럼 끔찍하고 저주받을 꼴이 되었다.
이리하여 잠든 사이에 생명도, 왕관도, 왕비도
한꺼번에 빼앗기고 내 죄가 한참일 때 죽어

임종의 성유도 생전의 죄악에 대한 고해도 못하고
수많은 죄를 머리에 뒤집어쓴 채
심판대에 끌려갔구나.
아, 무섭다! 정말 무섭다!
네게 효성이 있다면 이 일을 참지 마라.
덴마크 왕의 침실을 음란하고 저주받을
근친상간의 소굴이 되게 두지 마라.
그러나 일을 서두르면서도 마음이 흐려지거나
어머니를 해치는 일이 있어서는 안 된다.
어머니는 하늘의 심판에 맡기고
마음속 가시에 찔려 아픔을 겪도록 내버려 둬라.
어서 작별하자.
반딧불이 희미해지고 하늘이 훤해지니
새벽이 가까워진 모양이다
잘 있어라, 잘 있어! 햄릿, 나를 잊지 마라.[2)]

(유령 퇴장)

---

2) 이 장면에서 유령은 자신이 살해당한 경위를 햄릿에게 설명하고 그 살해의 부당성을 강조하며 복수를 부탁하고 있다. 이때 유령은 자신이 고해성사를 하거나 기름 바름 등의 종부성사를 받지 못하고 급작스럽게 죽음을 맞이한 것을 강조하며, 연옥의 고통에 묶여 있어야 하는 자신의 모습을 강조한다. 특히 이렇게 갑작스러운 죽음은 햄릿을 포함한 당시 관객들에게는 큰 공포(nightmare)로 작동했을 것이다. 당시 대중들은 햄릿의 부친의 유령이 복수를 명할 만큼 자신을 연옥으로 보낸 동생에게 원한에 사무쳐 있음을 이해해 줄 뿐 아니라 공감할 수도 있었을 것이다. 따라서 이 장면은 복수 비극《햄릿》의 중요 장면 가운데 하나로 볼 수 있다.

햄릿 오, 하늘의 모든 정령이시여,

대지여! 또 무엇이 있나?

지옥도 불러낼까? 쓸데없는 소리! 진정해라, 심장아.

근육아, 시들지 말고 굳게 버텨라.

잊지 말라고?

그래, 불쌍한 유령아.

제아무리 혼란한 머리이지만 기억력이 남아 있는 한.

잊지 말라고? 그래, 내 기억의 수첩에서

소소한 것일랑 싹 지우고, 온갖 책의 격언,

어릴 때 보고 기록한 모든 사상 따윈 없애 버리고

네 그 명령만을 내 뇌리 속에 남길 거야.

하늘에 맹세코 그러겠다!

아 사악한 여인이여!

아, 악당, 악당. 미소 짓는 저주받을 이 악당!

수첩에 기록해 두는 것이 좋겠다.

아무리 미소를 지어도 악당일 수 있음을.

최소한 덴마크에서는 그럴 거다. (글을 쓴다)

자, 숙부님, 바로 이게 내 좌우명입니다.

"잘 있어라, 잘 있어. 나를 잊지 마라."

나는 여기에 맹세했다.

마셀러스 (안에서) 왕자님, 왕자님!

호레이쇼 (안에서) 하늘이시어, 왕자님을 보호하소서.

햄릿 (방백) 제발 그러길.

마셀러스 (안에서) 훠이, 훠이! 왕자님!

햄릿 훠이, 훠이! 여보게. 여기야, 여기 있네.

(호레이쇼와 마셀러스 등장)

마셀러스 어떻게 됐습니까, 왕자님!

호레이쇼 뭡니까, 왕자님!

햄릿 놀라운 일이네!

호레이쇼 말씀해 주십시오.

햄릿 안 돼, 말이 새어 나갈 테니까.

호레이쇼 절대 그렇지 않을 겁니다.

마셀러스 저도 마찬가집니다.

햄릿 어떻게 생각하나,
사람이 감히 이런 일을 생각해 낼 수 있을까?
비밀은 지키겠지?

호레이쇼, 마셀러스 하늘에 대고 맹세합니다, 왕자님.

햄릿 덴마크에 사는 악당치고
극악무도하지 않은 놈은 없다 하더군.

호레이쇼 유령이 그런 말을 하려고

무덤을 뛰쳐나왔을 리 없습니다.

햄릿 아, 그렇지. 옳은 말이야.

그러니 빙빙 돌려 말할 필요 없이

악수나 하고 헤어지는 게 좋겠네.

자네들도 일이 있을 테니.

모든 사람은 제각기 일과와 용무를 가지는 법이지.

보잘것없는 나도 마찬가지고, 자, 나는 기도나 하러 가겠네.

호레이쇼 말씀에 조리가 없으십니다. 왕자님.

햄릿 내 말에 화가 났다면 정말 미안하군. 정말이네.

호레이쇼 화가 난 것이 아닙니다, 왕자님.

햄릿 아니야, 호레이쇼. 성 패트릭을 걸고 맹세코, 있네.

그 유령은 정직한 유령이었어. 이 말만은 할 수 있네.

무슨 일이 있었는가 알고 싶겠지만 좀 덮어 주게.

자, 친구들, 친구로서, 학자로서 그리고 군인으로서

내 청을 들어주게.

호레이쇼 뭡니까, 왕자님? 물론입니다.

햄릿 오늘 밤 자네들이 본 것을 절대 입 밖에 내지 말게.

호레이쇼, 마셀러스 절대 내지 않겠습니다, 왕자님.

햄릿 아니, 맹세를 해 주게.

호레이쇼 절대 입 밖에 내지 않겠습니다.

마셀러스 저도 마찬가지입니다. 왕자님.

햄릿 내 검에 대고 맹세를.

마셀러스 이미 맹세했습니다.

햄릿 이 검에 대고 맹세하라니까.

유령 (무대 아래서 소리친다) 맹세하라.

햄릿 하, 하, 자네도 말하는가?

거기 있나, 친구?

자, 땅 밑에 있는 친구의 말 들었겠지.

맹세한다고 하게.

호레이쇼 맹세의 말을 얘기해 주십시오.

햄릿 자네들이 본 것을 절대 말해선 안 되네.

내 검에 대고 맹세하게.

유령 (아래에서) 맹세하라. (그들이 맹세한다)

햄릿 있지 않은 곳이 없구나.

우리도 장소를 옮겨 보세.

자네들 이리 오게.

내 검에 손을 얹고 이제

들은 것을 절대 말하지 않겠다고 맹세해 줘.

유령 (아래에서) 맹세하라. (그들이 맹세한다)

햄릿 말 잘했다, 두더지 영감!

땅속을 어떻게 그렇게 빨리 파나?

훌륭한 광부로군. 여보게, 다시 한 번 자리를 옮겨 보세.

호레이쇼 참말이지 기이한 일이군요!

햄릿 그러니, 손님인 양 저것을 환영해 주게.
호레이쇼, 이 천지간에는 인간의 철학으로
꿈도 못 꿀 수많은 일이 있다네,
자, 그러니 아까처럼
절대 말을 않는다고 약속해 주게.
앞으로 내가 필요에 따라 어떤 이상하고 기이한 짓을 하건
내 모습을 보고 팔짱을 끼거나 머리를 흔들면서
"흠, 흠, 우리는 알지"라거나 "알려면 알 수 있지"
또는 "말을 해도 좋다면 할 사람도 있지" 등
의미 있는 듯 말을 하거나,
애매한 얘기로 나의 본심을 아는 체하지 말게.
그럼 자네들에게 은총과 자비가 따를 거야.

유령 (아래에서) 맹세하라. (그들이 맹세한다)

햄릿 진정하고, 쉬어라. 불안한 유령아.
자, 친구들 내 모든 우정을 걸고
자네들에게 신의를 다짐하겠네.
이 햄릿, 보잘것없는 위인이지만 신이 허락하는 한
신의와 우정으로 보답하겠네.
자, 함께 들어가세.
항상 손가락은 입술에 대고 비밀을 지켜 주게.

뒤틀린 시대로다. 저주받은 내 운명이여,
그걸 바로잡기 위해 내가 태어나다니!
아니, 자, 같이 가세.

(퇴장)

제 2 막

제1장

폴로니어스 집의 방

(폴로니어스와 레이날도 등장)

폴로니어스 이 돈과 편지를 전해다오, 레이날도.

레이날도 네, 나리.

폴로니어스 레이날도, 빈틈없이 일을 처리해야 하네.

내 아들을 만나기에 앞서

행실을 알아내기 위해선 말이네.

레이날도 나리, 저도 그럴 생각이었습니다요.

폴로니어스 옳지, 그래, 그래. 들어 보게.

우선 파리에 사는 덴마크인들을 알아봐.

어떻게 거기에 살게 됐으며 그자가 누구이며

돈은 어떤 수단으로 구하는지.
또 어떤 사람들과 어울리며 씀씀이는 어떤지 알아 보게.
빙 돌려 물어보다가 그들이 내 아들을 안다 하거든
자세히 질문하기보다는 핵심을 찌르는 거야.
이를테면 그에 대해 대강 알고 있다는 듯이
"제가 그 사람 아버지와 친구를 알죠.
그 사람도 조금 알고요"라고. 알겠나, 레이날도.

레이날도 네, 잘 알겠습니다. 나리

폴로니어스 "조금 알죠, 그렇지만" 하고 나서
"잘은 모릅니다만, 그 사람이 난폭하고
이러저러한 버릇이 있죠"라는 식으로 말하는 게야.
그 버릇은 자네가 적당히 둘러대게.
그렇지만 명예를 떨어트릴 정도로 심한 것은 말고.
—이 점에 유의하게—
자유분방한 젊은이에게 흔히 따라붙는
방종이나 실수 같은 것은 말해도 좋아.

레이날도 도박 같은 것 말씀이죠.

폴로니어스 그래. 주정, 칼부림, 욕설, 싸움질, 오입질도 있지.
이 정도까지는 좋네.

레이날도 나리, 그런 것은 명예를 해칠 것 같은데요.

폴로니어스 천만에. 말하기 나름이지.

그러니 난봉꾼이라는 등 다른 추문을 더해선 안 되네.
내 의도는 그런 게 아니니까.
그러나 아들의 결점을 교묘하게 말해.
그게 누구나 한 번은 저지르는
자제력의 결여이고, 혈기 왕성한 젊음의 폭발이며
길들지 않은 무례라는 하는 인상을 주란 말이다.

레이날도 나리, 그렇지만—

폴로니어스 뭣 때문에 이런 일을 하느냐고?

레이날도 네, 나리.

폴로니어스 내 본뜻은 이렇다네.
묘안이라고 생각하네만.
내 아들의 사소한 결점을 헐뜯으면서
가끔 때 묻은 것이 나오듯 우연히 튀어나오게 말해 두는 거지.
상대방이 아들의 그런 행실을 현장에서 목격했다면
이렇게 맞장구를 칠 거야.
"선생께서"라든가
"이보게" 혹은 "이 양반" 이런 식으로,
그 지방 말투와 신분에 따라 부르겠지만,

레이날도 그렇겠지요, 나리.

폴로니어스 이렇게 되면,
그 사람이—그는— 내가 무슨 말을 하려던 참이지?

분명 무슨 말을 하려고 했는데, 어디서 멈췄지?

레이날도 "맞장구를 칠 거야", "이보게", "이 양반"까지요.

폴로니어스 "맞장구를 친다", 그렇지.

그 사람은 이렇게 말할 거야.
"나도 그분을 압니다. 어젠가 그젠가 만났죠.
혹은 이때 저때에. 이러저러한 사람과 가는 것을 봤는데,
당신 말마따나 노름을 하고, 술에 곯아떨어지고,
경기 중에 싸움판을 벌였죠" 혹은
"그 사람 홍등가로 들어가던데요"라고 할지도 모르지.
갈보집 말이다. 그리고는 이런저런 말을 할 거야.
이제 알겠지—거짓 미끼로 진짜 잉어를 낚으란 말이야.
우리처럼 지혜와 통찰력이 있는 사람은
정도를 피하고 옆길을 우회해
간접적인 방법으로 목적을 달성하는 법이다.
그러니 내 가르침과 충고에 따르면
자식 놈의 행실은 쉽게 알 수 있을 거야.
내 뜻을 알아듣겠나?

레이날도 잘 알겠습니다, 나리.

폴로니어스 조심히 잘 가거라.

레이날도 다녀오겠습니다.

폴로니어스 네 눈으로 직접 아들의 행실을 봐야 한다.

레이날도 알겠습니다.

폴로니어스 하고 싶은 대로 하게 놔두고.

레이날도 네, 나리.

폴로니어스 가 봐라.

(레이날도 퇴장)

(오필리어 등장)

왜 그러느냐, 오필리어? 무슨 일이냐?

오필리어 아, 아버지, 아버지, 너무 무서웠어요.

폴로니어스 도대체 뭣 때문에 그러느냐?

오필리어 아버지, 제가 방에서 바느질을 하고 있을 때
햄릿 왕자께서 웃옷 앞가슴을 풀어헤치고
모자도 안 쓰시고 더러운 양말은
대님이 풀려 발목까지 흘러 족쇄처럼 걸렸고
얼굴은 종잇장처럼 창백하고
두 무릎은 서로 부딪치듯 떨며 느닷없이 나타나셨어요.
그분의 표정은 마치 지옥에서 막 풀려나
그 끔찍한 사연을 얘기하시려는 듯 비참한 표정이셨어요.

폴로니어스 네 사랑 때문에 미친 게 아니냐?

오필리어 아버지, 저는 모르겠어요.

그렇지만 그런 것도 같네요.

폴로니어스 뭐라고 하더냐?

오필리어 제 손목을 잡고서 세게 끌어안으시더니
팔을 뻗은 길이만큼 거리를 두고
한 손은 이마에 얹고 마치 저의 모습을 그리려는 듯
제 얼굴을 유심히 보셨어요.
그렇게 한참 계시더니
마침내 제 팔을 조금 흔들어 보고,
자신의 머리를 아래위로 세 번 흔드시고는
마치 온몸이 산산조각이 나고 목숨이 끊어질 듯
처량한 한숨을 쉬셨어요.
그러시더니 제 팔을 놓아 주시고는
보지 않고도 나가는 길을 안다는 듯
어깨 너머로 고개를 돌려 저를 보면서
그대로 문밖으로 나가셨는데
끝까지 저에게서 시선을 떼지 않으셨어요.

폴로니어스 자, 같이 가자. 왕을 봬야겠다.
이게 바로 상사병이라는 거다.
이 병이 난폭하게 발작하면 자신을 망치고
걷잡을 수 없는 행동으로 몰아가느니.
우리의 천성을 괴롭히는

하늘 아래 모든 열정이 그렇듯이.

최근에 왕자님께 좀 심한 말을 한 적은 없느냐?

오필리어 아니요. 그렇지만 아버님 분부하신 대로

그분의 편지를 돌려드리고

가까이 오시지 못하게 했어요.

폴로니어스 그래서 실성하셨구나.

내가 좀 더 조심스럽게 살필 것을 잘못했다.

한때의 장난으로 너를 망치면 어떡하나 걱정만 했으니

노파심이 지나쳤나 보다.

젊은이는 분별심이 없어 탈이지만

우리 늙은이는 지나치게 걱정해 탈이다.

자, 왕께 가야겠다.

감춰 두었다가 나중에 통탄하시는 것보다는

전말을 알리고 꾸중을 듣는 편이 나을 게다.

(모두 퇴장)

제2장

성안

(왕, 왕비, 로젠크란츠와 길든스턴 및 시종 등장)

왕 잘 왔네, 로젠크란츠와 길든스턴.
전부터 만나 보고 싶었는데
경들의 힘을 빌려야 할 일이 생겨 이리 급히 부르게 되었네.
이미 들어서 알겠지만 햄릿이 변했네.
외적으로나 내적으로나 이전과는 전혀 달라졌다는 말이네.
무엇이 그토록 지각을 잃게 했는지
선친이 돌아가셨다는 이유 이외엔
도무지 짐작이 가질 않으니.
그래서 두 사람에게 부탁하니,

어렸을 때부터 같이 자랐고
왕자의 기질에도 익숙할 터이니
잠시 이곳에 머물면서 같이 어울려 그를 오락으로 이끌고
기회가 닿는 대로 왕자를 괴롭히는 것이
무엇인가를 찾아내 주게.
원인이 밝혀지면 치료도 가능할 테지.

왕비 왕자가 두 사람에 대해 여러 번 얘기했다네.
왕자가 그처럼 가깝게 여기는 이는
두 사람뿐이라 생각하네.
그러니 여기 머물면서 우리가 바라는 대로 도와준다면
왕께서도 알맞은 보답을 하실 것이네.

로젠크란츠 두 분께서 소신들에 대해
군주의 권한으로 명령하심이 마땅한데
부탁이라 하시니 황송합니다.

길든스턴 저희들은 분부대로 충성을 다해
이 몸을 폐하의 발밑에 바칠 것이옵니다.

왕 고맙네. 로젠크란츠, 길든스턴.

왕비 고맙네. 길든스턴, 로젠크란츠.
그럼 자네들은 너무나 변해 버린 내 아들을
만나 보도록 하시오. 자네들 중 몇 사람은
이분들을 왕자가 있는 곳으로 안내하도록 하라.

길든스턴 하늘이시여, 저희들이 왕자님께
즐거움과 도움을 줄 수 있기를.

왕비 그렇게 되길.

(로젠크란츠, 길든스턴, 시종과 함께 퇴장)

(폴로니어스 등장)

폴로니어스 폐하, 노르웨이에 파견했던 사신들이
희소식을 갖고 돌아왔습니다.

왕 경은 언제나 희소식의 근원이구려.

폴로니어스 그렇습니까? 소신은 제 영혼을 지키듯
신과 자비로운 폐하를 위해
주어진 임무를 다하고 있을 뿐입니다.
그래서 생각에—소신이 틀렸다면,
이전과 달리 제 머리가 국사의 흐름을
더 이상 쫓지 못한다는 말이 되겠지요.
햄릿 왕자님이 실성하신 그 원인을 발견했습니다.

왕 오, 말해 보시오. 어서 듣고 싶소.

폴로니어스 먼저 사신들을 맞이하십시오.
저의 소식은 성찬 뒤의 후식이 될 것입니다.

왕 직접 가서 그들을 정중히 맞아 데려오시오.

(폴로니어스 퇴장)

거트루드, 그가 당신 아들이
실성한 원인을 찾아냈다고 하오.

왕비 주요한 원인이 다른 게 있겠습니까?
아버지의 죽음과 우리의 갑작스런 결혼이겠죠.

왕 글쎄, 함께 알아봅시다.

(폴로니어스, 볼티맨드와 코넬리어스와 함께 재등장)

수고가 많았소. 볼티맨드.
노르웨이 왕이 뭐라 회답하시던가?

볼티맨드 더할 나위 없는 좋은 회답을 받아 왔습니다.
신들의 요청을 듣자마자 그분께선 사람을 보내
조카의 모병을 중지시켰습니다.
왕은 폴란드와의 전쟁을 대비하기 위해
병사를 모으는 것으로 아셨던 것 같습니다.
그런데 자세히 들여다보시고는
폐하에 대한 도발임을 알게 되었고
자신이 쇠약해 병상에 있어
그리 기만당했다며 분개하시고는
포틴브라스에게 중지를 명령하셨습니다.

그는 명령에 따라 노르웨이 왕의 힐책을 받고
숙부인 왕 앞에서 앞으로는 절대 폐하께
무력 도발을 않겠다고 맹세했습니다.
노르웨이의 노왕은 기뻐하시며,
그에게 삼천 크라운의 연금을 내리시고
이미 모병한 군대는 폴란드 정벌에
동원할 권한을 내렸습니다.
자세한 것은 이 서신에 적혀 있습니다만 (서신을 바치며)
이 출병을 위해 노르웨이 군대가
폐하의 영토를 통과할 수 있도록
허락을 구하셨습니다.

왕 만족스럽구려.
이 일은 좀 더 심사숙고하고 검토한 후에 회신하겠소.
아무튼 충성 어린 노고에 감사하오.
가서 쉬도록 하시오, 저녁에는 축연을 베풀 것이니.
귀국을 진심으로 축하하오.

(볼티맨드와 코넬리어스 퇴장)

폴로니어스 이 일은 훌륭히 마무리되었습니다.
두 분 폐하, 왕권은 무엇이며 신의 의무는 무엇인지
왜 낮은 낮이며 밤은 밤인지
또한 왜 시간은 시간인지를 논의하는 것은

곧 밤과 낮과 시간의 낭비 외에는 아무것도 아닙니다.
그러니 간결은 지혜의 핵심이며,
장황함은 겉치레에 불과하니
간단히 말씀드리면 왕자님은 미치셨습니다.
감히 그리 말씀드리는 것은
진짜 미쳤다는 정의는 미쳤다는 것 이외는
아무것도 없기 때문입니다. 그건 그렇다 치고,

왕비 말재간은 그만 부리고 핵심을 말하시오.

폴로니어스 왕비 마마,
소신은 말재간을 부리고 있는 것이 아닙니다.
왕자는 미쳤습니다. 이건 사실이며 애석한 일이며
애석한 일이지만 사실입니다.
어리석은 말이니 그만두겠습니다.
저는 말재간을 부리는 것이 아니니까요.
우선 왕자께서 미쳤다고 인정합시다.
그럼 남는 것은 그 결과의 원인, 아니
그 결함의 원인을 파악하는 일입니다.
원인이 있어야 이런 결함 있는 결과가 생깁니다.
이리하여 문제가 남았는데 그 남은 문제는 이러합니다.
신중히 고려하시기를.
소신에게는 딸이 있사온데, 하기야 곁에 있을 동안만이지만

그 딸이 공손하고 순종하여, 보십시오,
이것을 저한테 보여 주었습니다. 들어보시지요. (읽는다)
"천사와 같은 내 영혼의 우상, 가장 미화된 오필리어에게"
이건 문장이 안 되었어, 서툴군. "미화된"이라니.
하여튼, 들어 주십시오. (읽는다)
"그대의 아름다운 흰 가슴에 이 글을—"

왕비 햄릿이 오필리어에게 보냈단 말이오?

폴로니어스 왕비 마마, 잠시만 기다려 주십시오.
충실히 읽어 드릴 테니. (읽는다)
"별이 불덩이임을 의심하고
태양이 도는 것을 의심하고
진실을 거짓이라 의심해도
의심 마시오, 내 사랑을.
오, 오필리어.
나는 시에 서툴고, 내 연정을 운율로 표현할 재주가 없소.
그러나 믿어 주오. 내가 그대를
가장 많이 사랑한다는 사실을.
안녕. 이 몸이 살아 있는 한 가장 사랑하는 여인이여,
영원히 그대의 것인 햄릿으로부터."
제 딸은 이 글을 순순히 저에게 보여 주었을 뿐 아니라
왕자님이 언제 어디서 어떻게 구애하셨는지

낱낱이 저의 귀에 털어 놨습니다.

왕 오필리어는 햄릿의 사랑을 어떻게 받아들였는가?

폴로니어스 폐하께서는 소신을 어떻게 생각하십니까?

왕 충실하고 명예로운 인물이지.

폴로니어스 그것을 제가 증명하고자 합니다.
허나 폐하가 저를 어떻게 생각하셨을까요?
이 열렬한 사랑이 날개를 펴는 꼴을 보았을 때
—실은 제 딸이 말하기 전부터 눈치를 채고 있었고
이걸 말씀 드려야 겠습니다만은—
제가 책상이나 공책처럼 입을 닫고
이 사랑을 모르는 채 눈감고 있었다면
두 분 폐하께서는 소신을 어떻게 생각하셨을까요?
소신을 즉시 손을 써 딸에게 이렇게 타일렀습니다.
"그분은 왕자의 신분이시니 너하고는 거리가 멀다.
이런 일이 있어서 되겠느냐?"고요. 그러고서는
왕자님이 찾아오시면 문을 잠그고
그분의 심부름꾼을 멀리하고
선물도 받지 말라 일러두었습니다.
제 딸은 그 말을 잘 지켰습니다.
그러자 거절당한 왕자께서는
—간단히 말씀드리면— 슬픔에 빠져

음식을 전폐하시고 불면증에 쇠약증에
어지럼증에 이어 그것이 악화된 끝에 지금처럼
광증에 이르렀으니 애통할 일입니다.

왕 왕비도 그렇게 생각하오?

왕비 그럴 것 같아요. 그럴 듯합니다.

폴로니어스 여태껏 소신이 "그렇다"라고 단언한 것이
그렇지 않은 적이 있습니까?

왕 내가 아는 한은 없었지.

폴로니어스 제 말이 틀렸다면,
제 머리를 몸뚱이에서 떼 버리십시오.
단서만 잡힌다면 진상을 밝히겠습니다.
설사 그것이 지구 한복판에 숨겨 있대도
찾아내고 말겠습니다.

왕 어떻게 더 알아볼 수 있겠소?

폴로니어스 아시다시피 왕자께서는 가끔
이 복도를 여러 시간 거니십니다.

왕비 참 그렇소.

폴로니어스 그때 제가 제 딸을 풀어놓겠습니다.
폐하와 소신은 벽의 휘장에 숨어서
두 사람이 만나는 것을 살펴보기로 하고요.
만약 왕자께서 제 딸을 사랑하지 않고

그 때문에 이성을 잃은 것이 아니라면
국사를 돕는 자리에서 물러나
마차를 끌며 농사나 짓겠습니다.

왕 그럼 해 봅시다.

왕비 저것 봐요. 불쌍한 애가
우울하게 책을 읽으며 오는군요.

폴로니어스 자, 두 분께선 자리를 피하시지요.
제가 곧 말을 걸어 보겠습니다.

(왕과 왕비 퇴장)

(햄릿 책 읽으며 등장)

안녕하셨습니까, 왕자님?

햄릿 잘 있네, 고맙군.

폴로니어스 왕자님, 저를 아십니까?

햄릿 알다 뿐인가, 자네는 생선 장수가 아닌가?

폴로니어스 아닙니다. 왕자님.

햄릿 그럼 그 사람만큼만 정직하다면 좋겠군.

폴로니어스 정직이라니요? 왕자님.

햄릿 아아, 요즘 세상 같아서야
정직한 사람이 만 명에 한 명이나 될는지.

폴로니어스 옳으신 말씀입니다.

햄릿 태양 빛이 썩어 빠진 시체에 입을 맞추면
죽은 개에도 구더기가 생기는 법.
자네 딸이 있던가?

폴로니어스 있습니다, 왕자님.

햄릿 햇볕을 쬐면서 다니지 못하게 하게.
머릿속의 지식이 부푸는 것은 좋은 일이지만
딸의 배가 부풀어서야 되겠는가? 조심하게.

폴로니어스 (방백) 내가 뭐라든? 아직도 내 딸 타령이네.
그런데도 처음엔 나를 몰라봐 날더러 생선 장수라고 했겠다.
돌아도 너무 돌았어. 사실, 나도 젊었을 때는
사랑 때문에 몹시 시달렸지. 이 양반 못지않게.
다시 말을 걸어 볼까—무엇을 읽고 계십니까, 왕자님?

햄릿 말이야, 말, 말.

폴로니어스 무엇에 관한 겁니까?

햄릿 뭐라고?

폴로니어스 읽고 계시는 내용 말입니다.

햄릿 험담이야. 곤잘 비꼬는 녀석이 한 말인데
늙은이란 허연 수염에 얼굴은 쭈글쭈글
눈에서는 송진 같은 누런 눈곱이 주렁주렁
머리는 텅 비었고 허벅지는 허약하다는 거야.

나도 이 말을 통감하네만
이렇게까지 쓰는 것은 점잖지 못한 일이야.
당신도 나처럼 나이가 들 테니까.
만약 게처럼 뒷걸음질을 할 수 있다면 말이야.

폴로니어스 (방백) 미치긴 했지만 말에는 조리가 있어.
바람을 쐬지 마시고 안으로 들어가시죠, 왕자님?

햄릿 내 무덤으로 말이지?

폴로니어스 정말, 거긴 정말 바람이 없을 테죠.
(방백) 가끔 의미심장한 말을 하신단 말씀이야!
멀쩡한 사람도 그렇게 꼭 맞는 말을 할 수 없을걸.
미친 사람은 가끔 적절한 표현으로 정곡을 찌른단 말이야.
이제 여길 떠나 당장 내 딸과 만나도록 방법을 꾸며야겠어.
왕자님, 소신, 이제 물러가도록 허락해 주십시오.

햄릿 뭐든지. 내 기꺼이 허락하네.
내 목숨, 내 목숨, 목숨만은 빼놓고 말이야.

폴로니어스 안녕히 계십시오, 왕자님.

햄릿 지겨운 멍청한 늙은이 같으니.

(로젠크란츠와 길든스턴 등장)

폴로니어스 햄릿 왕자님을 찾으신다면, 저기 계시네.

로젠크란츠 (폴로니어스에게) 안녕히 가십시오.

(폴로니어스 퇴장)

길든스턴 존경하는 왕자님.

로젠크란츠 경애하는 왕자님.

햄릿 반가운 친구들이 나타났군!

잘 있었나, 길든스턴?

아, 로젠크란츠도! 어떻게 지냈나?

로젠크란츠 보통 사람처럼 그럭저럭 지냈습니다.

길든스턴 행복하지만 지나치게 행복 하진 않습니다.

행운의 여신이 쓴 모자의 꼭대기까지는 가지 못했습니다.

햄릿 그렇다고 여신의 신발 밑창은 아닐 테지?

로젠크란츠 그렇지도 않습니다.

햄릿 그럼 자네들은 그녀의 허리 부근에 매달려서

중간 정도의 호의를 받으며 살고 있나?

길든스턴 실은 허리 조금 아래에 삽니다.

햄릿 여신의 은밀한 곳에 산다고?

사실 그럴 테지. 그녀는 창녀니까. 좋은 소식이라도 있나?

로젠크란츠 없습니다. 세상이 정직해졌다는 사실 외에는.

햄릿 그럼 세상이 종말에 가까워졌겠군.

그렇지만 자네의 말은 틀렸어. 좀 구체적으로 묻겠네만

자네들은 운명의 여신한테 무슨 잘못을 저질렀기에

이런 감옥으로 쫓겨 왔나?

길든스턴 감옥이라니요? 왕자님.

햄릿 덴마크는 감옥이야.

로젠크란츠 그럼 온 세계가 다 그렇겠죠.

햄릿 큼직한 감옥이지. 그 안에 독방도 있고 토굴도 있는데 덴마크가 제일 심해.

로젠크란츠 저희들은 그렇게 생각지 않습니다, 왕자님.

햄릿 그래, 그렇다면 자네들에겐 아니로군.

세상엔 좋고 나쁜 것이 없어.

다만 생각이 그렇게 정해 줄 뿐이야.

나에겐 감옥이야.

로젠크란츠 그건 왕자님의 포부가 너무 커서 그러시겠죠.

이 나라가 왕자님의 뜻을 펴기에는 너무나 협소하니까요.

햄릿 이것 참, 나는 호두 속에 틀어박혀 있어도

무한한 공간의 주인으로서 만족할 수 있는 몸이야.

꿈자리만 사납지 않다면 말이야.

길든스턴 그 꿈이 실은 야망일 겁니다.

그 야망의 실체란 것은 꿈의 그림자에 불과하니까요.

햄릿 꿈 그 자체가 그림자에 불과하네.

로젠크란츠 그렇습니다.

야망이란 공기처럼 허무해 가치가 없는 것,

그림자의 그림자에 불과한 겁니다.

햄릿 그럼 거지는 실체이고

왕과 야심만만한 영웅들이 거지의 그림자 격이겠군.

궁전에 들어갈까?

사실이지 나는 이치를 따지는 일엔 서툴러.

로젠크란츠, 길든스턴 저희들이 모시겠습니다.

햄릿 그럴 수야 없지. 자네들을 하인처럼 취급할 수는 없네.

정직하게 말하면 나는 하인들의 시중에 지긋지긋하다네.

그런데 우리의 우정으로 묻겠네만 엘시노어에는 왜 왔지?

로젠크란츠 왕자님을 뵈러 왔을 뿐, 다른 이유는 없습니다.

햄릿 나는 거지 신세라 보답이 궁색하네만 고맙네.

하기야 내 보답은 반 푼어치도 못되겠지만.

자네들은 누가 불러서 왔겠지?

자발적으로 왔나? 자유로운 방문인가?

자, 정직하게 말해 보게. 자, 어서 말 좀 해 봐.

길든스턴 뭐라고 말씀드려야 할지, 왕자님?

햄릿 뭐든 좋아. 요점만 빼놓고는.

누가 불러서 왔지 않은가? 얼굴에 쓰여 있는걸.

자네들은 그걸 감출 정도로 교활하지는 못해.

왕과 왕비가 불렀다는 것쯤은 나도 알고 있으니까.

로젠크란츠 무엇 때문에요, 왕자님?

햄릿 그걸 나에게 일러 주게.
우리 우정의 권리와, 젊은이의 의기투합,
영원한 우정의 의무를 생각해 보게.
말주변이 좋다면 더 멋지게 호소할 그것으로
엄숙히 물을 테니, 솔직히 털어놓게.
누가 불러서 왔지? 안 그런가?
로젠크란츠 (길든스턴에게 방백) 어떻게 하지?
햄릿 (방백) 안 되지. 내가 지켜보고 있는걸—
자네들이 나를 아낀다면 감추지 말게.
길든스턴 왕자님, 실은 부름에 따라 왔습니다.
햄릿 그 이유를 내가 말해 주겠네.
그럼 자네들이 털어놓기 전에 내가 앞질러 말한 꼴이 되니
왕이나 왕비께 몰래 맹서한 신의에도
손상은 가지 않겠지.
나는 요즘, 왠진 모르겠지만 매사에 흥미를 잃었고
평소 하던 무술도 집어치웠다네.
정말이지 마음이 몹시 우울해,
이렇게 아름다운 지구도
내게는 황량한 불모지처럼 보이고 있어.
이 기막히게 아름다운 하늘도, 좀 보게,
이 머리를 뒤덮은 찬란한 하늘,

황금의 별로 수놓은 장엄한 천장도 내게는
더럽고 병균에 오염된 수증기 덩어리로 보일 뿐이라네.
인간은 참으로 조화로운 걸작이 아닌가!
고결한 이성에 무한한 능력!
훌륭한 자태와 감탄할 만한 거동!
그 행동은 천사와 같고 신과 같은 지혜를 갖춘 인간!
이 세상 아름다움의 극치요, 만물의 영장!
그런데 이것이 나에게는 쓰레기처럼 보이니
인간이 흥미롭지가 않아. 여자도 마찬가지이고.
근데 자네들이 웃는 걸 보니 그렇지 않은 모양이군.

로젠크란츠 그런 뜻은 없었습니다.

햄릿 그럼 왜 내가 "인간이 흥미롭지 않다"고 했을 때 웃었지?

로젠크란츠 왕자님께서 인간에게 흥미가 없으시다면
배우들이 얼마나 푸대접을 받을까 하는 생각이 들었기 때문입니다.
저희들은 오는 길에 배우들을 앞질러 왔는데,
그들은 왕자님께 연극을 보여 드리러
이곳으로 오고 있습니다.

햄릿 왕의 역을 맡는 친구는 환영해 주지.
내 그에 걸맞은 찬사를 보내겠네.
용맹스런 기사 역은 칼과 방패를 마구 휘두르게 해 주고,

연인 역에겐 사랑의 탄식이 헛되지 않게 보상해 주지.
변덕쟁이 역을 맡는 친구는
싸움질을 하지 않고 역을 끝내게 해 주겠어.
광대 역에게는 건드리기 무섭게
허파가 끊어져라 웃는 관객을 대 줄 것이고,
귀부인 역은 속마음을 마음껏 말하게 해 주겠네.
안 그러면 대사가 끊어질지도 모르니까.
그 배우들은 어떤 사람들이지?

로젠크란츠 한때 왕자님께서 좋아하셨던
수도의 비극 배우들입니다.

햄릿 어째서 그들이 지방 순회공연에 나섰지?
수도에 눌러 있는 것이 명성이나 수입 면에서도 나을 텐데.

로젠크란츠 최근에 무슨 사건이 있어
수도에서 공연이 금지당한 모양입니다.

햄릿 내가 수도에 머물렀을 때만큼
그들의 인기가 아직 여전한가?
지금도 구경꾼들로 떠들썩한가?

로젠크란츠 아닙니다. 이젠 그렇지 않습니다.

햄릿 어째서 그런가? 연기가 녹이 슬었나?

로젠크란츠 아뇨, 여전히 열심히 하고는 있지만
새끼 매와 같은 소년 극단이 생겨

목이 터져라 외치고 있는데,
이게 요란스러운 박수갈채를 받고 있습니다.
이것이 요즘 유행인지라 '대중 무대'라는 것을—
그 애들이 그렇게 부르는데—시들해졌고
칼을 찬 신사 나리들도, 저쪽 작가의 붓이 무서워
이쪽에는 감히 접근할 생각을 못한답니다.

햄릿 뭐, 소년 배우라고? 누가 끼고 도나?
보수는 어떻지? 변성기 전까지만 연기를 하나?
후에 나이 먹어 성인 연기자가 되면
—달리 생계가 마련되면 또 몰라도 그럴 게 뻔한데—
자기 장래 직업을 헐뜯은 결과밖에 되지 않으니
작가들을 원망하지 않겠나?

로젠크란츠 그래서 양자 간에 시비도 많았습니다.
세상 사람들도 양 싸움에 부추겨도 나쁠 것 없다고 하고요.
한동안은 작가와 배우들이 줄거리 문제로 다투지 않으면
연극이 팔리지 않을 정도였습니다.

햄릿 그게 정말인가?

길든스턴 네, 정말입니다.

햄릿 소년 극단이 이겼는가?

로젠크란츠 그렇습니다. 허큘리스 상징을 단
글로브 극장이고 뭐고 다 휩쓸었습니다.

햄릿 이상할 것도 없지.

내 숙부가 덴마크의 왕이 되었으니,
선친이 살아 계실 때는 그렇게도
숙부를 두고 이러쿵저러쿵 하던 친구들이 이제는
손바닥만 한 숙부의 초상화를 두고 수십 수백 냥의 금화를
주고 사고 있으니 말이야.
정말이지, 이런 자연스럽지 못한 일을
학문이 어떻게 설명하겠나.

(나팔 소리)

길든스턴 배우들이 왔습니다.

햄릿 친구들, 엘시노어에 잘 왔네. 손을 잡아 보세.

환영에는 정중한 격식과 예절이 어울리는 법.
이 악수로 예의를 표하겠네.
배우들을 정중하게 환영하는 것은
자네들에 대한 환영보다 그들을 더 반긴다는
오해를 받을 것 같으니.
잘 왔네. 자네들도.
그렇지만 나의 숙부인 아버지와
숙모가 된 어머니는 속으셨어.

길든스턴 속으셨다니요, 왕자님?

햄릿 나는 북북서풍이 불 때만 미쳐.

남풍이 불 때는 나도 매와 톱쯤은 분간할 수 있거든.

(폴로니어스 재등장)

폴로니어스 안녕들 하시오. 두 분.

햄릿 이봐, 길든스턴. 그리고 자네도.

양쪽 귀를 세워서 잘 듣게.

저 큰 갓난애는 아직 기저귀 신세를 면치 못하고 있어.

로젠크란츠 아마 두 번째로 기저귀를 차신 걸 겁니다.

늙으면 도로 갓난애가 된다고 하지 않습니까?

햄릿 내 예언하겠네만

저 친구는 배우들 얘기를 하러 왔을 거야. 잘 보게,

안녕하시오. 정말 그때가 월요일 아침이었지.

폴로니어스 왕자님, 아뢰올 소식이 있습니다.

햄릿 왕자님, 아뢰올 소식이 있습니다.

로스키우스가 로마에서 배우로 있었을 때—

폴로니어스 배우들이 이리로 오고 있습니다.

햄릿 옳거니, 옳거니.

폴로니어스 소신의 명예를 걸고—

햄릿 배우들이 나귀를 타고—

폴로니어스 천하의 명배우들입니다.

비극, 희극, 역사극, 전원극, 전원적 희극,
역사적 전원극, 비극적 역사극,
비극적— 희극적— 역사적— 전원극,
장면에 변화가 없는 것 또는 있는 것 등
무엇이든 할 수 있는 배우들입니다.
세네카의 비극도 무겁지 않고
플라우투스의 희극도 경박하지 않게 해내죠.
삼일치법의 엄격한 극이건 자유로운 즉흥극이건
척척 해낼 수 있는 유일한 배우들입니다.

햄릿 아, 이스라엘의 명재판관 예프타 님,
그대는 얼마나 소중한 보물을 간직하셨습니까!

폴로니어스 무슨 보물을 가졌단 말씀이시죠, 왕자님?

햄릿 있잖소.
"더없이 귀여운 외동딸이라,
부친은 끔찍이 그 아이를 사랑했으니."

폴로니어스 (방백) 아직도 내 딸 타령이군.

햄릿 내가 틀리진 않았지, 늙은 예프타?

폴로니어스 소신을 예프타라 부르신다면,
소신도 끔찍이 사랑하는 딸이 있사옵니다.

햄릿 아니, 그렇게 되지 않아.

폴로니어스 그럼 어떻게 됩니까, 왕자님?

햄릿 그걸 몰라?

“신만이 아는 운명처럼”

다음엔 이렇게

“세상사 다 그렇듯 일이 났구나.”

그 뒤는 성가의 첫 소절을 보면 알 수 있어.

저것 보게, 기분 좋은 친구들이 나타나는군.

(네다섯 명의 배우 등장)

잘 왔네. 여러분 모두 환영하오. 건강하니 기쁘군.

반가워 친구들, 아, 자네도 왔군!

요전에 봤을 때와는 달리 얼굴에 수염 투성이야.

나한테 수염 자랑하려고 덴마크에 왔나?

여어, 이건 귀여운 아가씨 아닌가?

아가씨의 키가 요전보다는 하늘에 더 가까워졌으니

구두 굽이 더 높아진 모양이군.

목소리가 못쓰게 된 금화처럼 금이 가지 않게 조심하게.

잘 왔소. 자네들. 우리 프랑스의 매사냥꾼마냥

닥치는 대로 한번 매를 날려 보자고.

당장 대사 하나 듣고 싶네.

자, 멋진 솜씨를 좀 보여 주게.

어서, 격정적인 대목을 읊어 보게.

배우 1 어떤 대목 말씀입니까, 왕자님?

햄릿 언젠가 들려준 장면이 있지.

무대에서는 한 번도 공연이 안 됐지만

공연이 되었어도 한 번 이상은 아닐 거야.

내 기억으로는 그 연극은 대중에게 인기가 없었어.

돼지에 진주 목걸이 격이지.

그렇지만 그 대사는 내 보기엔—물론 나보다

극에 대해 더 권위 있는 사람들의 귀에도 훌륭했다네.

장면에 짜임새가 있고 기교가 있으면서도

이를 알맞게 억제한 극이야.

누군가가 얘기한 것이 기억나네.

그 작품은 강한 맛을 위해 지나치게 양념을 친 것도 아니고

작가가 그럴싸한 멋을 위해

과장된 대사를 나열한 것도 아니고

정직한 방식으로 달콤하면서도 건전한

이를테면 화려하기보다는 우아한 작품이라는 거야.

그중 한 구절이 특히 좋았네.

아이네이아스가 디도에게 하는 말인데,

특히 프리아모스 왕의 시해 장면을 말하는 대목이지.

아직 기억이 생생하다면 이 구절부터 시작해 보게.

가만 있자, 뭐였더라.
“험상궂은 피로스는 히르카니아의 호랑이처럼”
그렇지 않아. 피로스부터 시작하는데,
“험상궂은 피로스가 검은 갑옷 차림으로
시커먼 마음을 품고 재난을 몰고 올 목마 속에 잠복하니,
그 검은 용모에 간담이 서늘하다.
이제 그 험악하고 시커먼 몸에 끔찍한 문양을 덮었더라.
머리부터 발끝까지
아버지들과 어머니들, 딸들과 아들들의 피로
검붉은 피범벅이더라.
화염은 거리를 불태우고, 그 잔인하고 치명적인 불빛은
제 나라 왕의 죽음을 비추는구나.
피는 엉겨 아교처럼 굳어져
분노와 화염으로 그슬리고
온몸을 피로 뒤집어쓰고
두 눈은 홍옥처럼 붉어
지옥의 악마처럼 피로스는
노왕 프리아모스을 찾더라.”
계속해 보게.

폴로니어스 참 잘하십니다, 왕자님.
억양도 좋고 전달도 좋습니다.

배우 1 마침내 발견되는 프리아모스 왕.

노왕의 낡은 칼을 그리스군을 향해 휘둘러도
힘없는 팔은 허우적거리다 칼을 땅에 떨어뜨리고 만다.
적수가 되지 않는 싸움이지만
피로스는 프리아모스을 몰아세워 분노의 칼을 휘두르니
공기를 가르는 칼바람에 노쇠한 노왕은 쓰러졌으니
무심한 트로이 성도 일격을 당한 양, 불타던 누각과
바닥으로 쓰러지니, 이 무서운 굉음에
피로스의 귀가 얼어붙더라.
보아라! 노왕의 백발 머리를 내려칠 듯하던
그의 칼이 허공에서 얼어붙고
그림 속의 폭군처럼
피로스는 어찌할 바를 모르는 듯
우뚝 서 있을 뿐.
다가올 폭풍에 앞서 가끔 그렇듯,
하늘은 고요하며 구름은 미동도 않고
거친 바람도 잠잠하고 아래 대지는
죽은 듯 적막한데, 이내 하늘을 찢는 끔찍한 천둥소리가
천지를 뒤흔들더라.
잠시 망설이던 피로스도
다시 복수심에 불타 날뛰며

시클롭스가 마르스의 무적 갑옷을
벼리려 망치를 내치는 듯
피로스는 피 묻은 칼을 들어
무자비하게 프리아모스을 향해 내려치더라.
꺼져라, 꺼져, 이 창녀 같은 운명의 여신이여!
신들이여, 뜻을 모아 이 여신의 힘을 빼앗아
여신의 수레바퀴에서 살과 테를 부수고
그 축을 하늘 산 밑으로 던져
악마가 들끓는 지옥의 밑바닥으로 굴러 떨어지게 하소서!

폴로니어스 이건 좀 긴데요.

햄릿 그럼 이발소에 보내 영감의 그 수염과 함께 짧게 다듬지.
제발 계속하게나.
이 사람은 우스갯소리나 음담패설이 아니면 조는 자이니.
자, 이번에 헤카베 왕비의 장면을.

배우 1 오, 머리를 싸맨 여왕을 본 자 누구인고.

햄릿 머리를 싸맨 여왕이라?

폴로니어스 "머리를 싸맨 여왕"이라니 좋네요.

배우 1 화염 불길을 끄려는 듯 억수 같은 눈물 흘리며
맨발로 허둥지둥 뛰는 여왕이여, 왕관을 썼던 머리에
헝겊을 두르고 자식을 낳느라 뼈만 남은 허리에
걸친 옷이라곤 엉겁결에 두른 담요 한 장이니

이 모습에 누군들 운명의 여신에게
독설을 보내지 않을 수 있으리.
그러나 그때 신들이 왕비를 보았다면
피로스의 칼이 남편의 사지를 난도질할 때
그 모습 눈앞에서 본 왕비가 지른 끔찍한 비명은
하늘에서 별들마저 그 가련함에 눈물 흘리고
인간사의 무심한 신들마저 탄식케 했으리라.

폴로니어스 보십시오, 저 배우의 안색이 변해
눈물을 글썽입니다. 이제 그만하시지요.

햄릿 수고했소. 나머지 대사는 후에 또 부탁하겠네.
폴로니어스 경, 배우들을 잘 돌봐 주시오.
알겠소? 잘 대접해요.
배우야말로 시대를 요약한 역사니까.
살아서 이들의 악담을 듣는 것보다야
죽어서 고약한 묘비명을 얻는 게 나을 거요.

폴로니어스 그들의 신분에 알맞게 대우하겠습니다.

햄릿 나, 이런 참! 더 좋은 대우를 하란 말이오.
제 분수에 맞게 대우받는다면야 누군들 회초리를 피하겠소.
그러니 경의 명예와 위엄에 어울리게 대접하시오.
저들의 자격이 부족할수록
그만큼 경의 선심이 빛나는 법이니.

안으로 모시게.

폴로니어스 갑시다.

햄릿 같이 가시오. 내일 연극을 보도록 하겠소.

(배우 1만 남고 나머지 배우들은 폴로니어스와 함께 퇴장)

할 얘기가 있는데 〈곤자고의 암살〉을 공연할 수 있겠나?

배우 1 네, 왕자님.

햄릿 내일 밤 그걸 해 주게. 내가 열댓 줄 정도

대사를 더 넣으려 하니 그걸 사전에 연습할 수 있겠나?

배우 1 네, 왕자님.

햄릿 잘됐네, 그럼 저 양반을 따라가게.

그 사람을 너무 놀려 먹지 말도록.

(배우 1 퇴장)

(로젠크란츠와 길든스턴에게) 자, 친구들

이따 밤에 만나세.

엘시노어에 잘 돌아왔어.

로젠크란츠 안녕히 계십시오, 왕자님.

햄릿 잘들 가게.

(로젠크란츠와 길든스턴 퇴장)

이제야 혼자구나! 나라는 인간은

어쩌면 이렇게 한심하고 비열할까?

참으로 놀랍지 않은가? 아까 그 배우는

그저 꾸며낸 이야기에 공감하여
안색은 창백해지고, 눈물을 흘리며, 넋이 나간 표정에,
목이 메어, 온몸이 상상의 인물과 일치하지 않는가?
이 모든 것이 실체도 없는 헤카베를 위해서라니!
도대체 그 배우에게 헤카베가 무엇이기에!
헤카베에게 그는 무엇이기에
그토록 울어댈 수 있단 말인가?
만약 내 마음속에서 들끓은 격정의 원인과 실마리를
그 배우에게 주었다면
그는 과연 어떻게 행동했을까?
무대는 눈물로 흘러넘칠 것이요,
무서운 대사로 관객의 고막을 뒤흔들고,
죄 있는 자는 미치게, 착한 자는 공포에 떨게
무지한 대중을 당황케 해서
눈과 귀를 마비시켰을 것임에 틀림없어.
그런데 나처럼 둔하고 미련한 놈은
몽상하듯 서성이며 아무 말도 못하고 있으니. 아무 말도.
왕권도 귀중한 생명도 잔인하게 빼앗긴 선왕을 두고
입을 다물고 있으니.
나는 비겁한 인간이란 말인가?
나를 악당이라 부르고, 머리통을 후려갈길 자 없는가?

이 수염을 뽑아 내 얼굴에 내 던지고,
코를 비틀고 거짓말쟁이라고
소리 지를 자가 없는가? 누구 이런 짓을 할 놈이 없는가?
아, 빌어먹을 이 모욕을 감수할 수밖에.
비둘기처럼 간도 쓸개도 없이 굴욕을 당하는 놈이니.
그렇지 않다면 벌써 그 비열한 놈의 시체를 뿌려
하늘의 매가 살찌게 했을 거야.
그 흉악하고 음탕한 악당. 잔인하고 간사하고 추잡한 악당!
아, 복수다! 정말이지 난 얼빠진 놈이야.
사랑하는 아버지가 살해당했는데,
하늘과 지옥이 복수하라고 독촉하는데도
매춘부처럼 혓바닥만 놀려 신세타령이나 하고
저주나 지껄이고 있으니
창피한 줄 알아라! 참! 정신 차리자.
흠, 들은 얘기가 있어.
죄 지은 자가 연극을 보던 중에 교묘한 공연에
마음속이 깊이 뒤흔들려
그 자리에서 자기의 죄를 고백했다지.
살인의 죄는 혀가 없지만 스스로 말하는 수가 있거든.
배우들에게 지시해 아버지가 살해된 일과 흡사한 연극을
숙부 눈앞에서 공연하자.

놈의 표정을 살펴 급소를 낚아채야지.
놀라는 기색이 보이면 내 할 일은 분명해진다.
내가 본 유령은 악마인지도 몰라.
악마는 그럴 듯하게 변신하는 힘이 있다니까.
그래, 아마 나의 나약함과 우울증에 파고들어
이런 기질을 가진 자에겐
특히 강한 힘을 발휘하는 것이 악마이니
나를 속여 지옥에 떨어뜨리려 하는지도 몰라.
좀 더 확실한 증거를 찾아야겠어.
연극이야말로 왕의 본심을 들춰내는 유일한 방법이야.

(퇴장)

제3막

제 1장

성안

(왕, 왕비, 폴로니어스, 오필리어, 로젠크란츠, 길든스턴 등장)

왕 그래, 경들이 아무리 말을 돌려 물어도
왕자가 뭣 때문에 그런 광증을 부리며
조용해야 할 나날을
소란하고 난폭하게, 미친 것처럼 떠도는지,
그 이유를 알 길이 없단 말이지?

로젠크란츠 스스로도 이상해졌다고 고백하셨습니다만
그 원인을 말씀하려 들지 않으셨습니다.

길든스턴 누구도 그 원인을 알길 원치 않으시는 듯,
그 진상을 털어 놓게끔 몰고 가면

은근슬쩍 실성한 체하면서 피해 버리십니다.

왕비 자네들은 잘 대해 주던가?

로젠크란츠 점잖게 맞아 주셨습니다.

길든스턴 허나 내키지 않은 일을
억지로 하시는 듯 보였습니다.

로젠크란츠 질문은 안 하셨지만
저희들이 물으면 거침없이 대답해 주셨습니다.

왕비 여흥을 좀 즐기도록 권유는 해 봤는가?

로젠크란츠 네. 이리로 오는 도중에
어떤 배우들을 앞질러 왔는데
그 소식을 전했더니 퍽 기뻐하시는 것 같았습니다.
배우들은 지금 이 궁정 어딘가에 있는데
오늘 밤 왕자님 앞에서 연극을 하도록
지시를 받은 걸로 알고 있습니다.

폴로니어스 사실입니다. 왕자님께서 두 분도 함께
관람하시도록 해 달라고 부탁하셨습니다.

왕 기꺼이 응하겠소. 왕자가 만족한다니
내 마음도 기쁘오.
경들도 왕자의 기분을 더욱 돋워
그런 오락에 몰두할 수 있도록 몰아가게.

로젠크란츠 네, 폐하.

(로젠크란츠와 길든스턴 퇴장)

왕 거트루드, 자리를 좀 비켜 주오.
실은 비밀리에 햄릿을 이리로
오게 하여 우연히 오필리어와
마주친 것처럼 해 놓았기 때문이오.
그 애 아비와 내가 합법적인 염탐꾼으로서
몸을 감춰 보이지 않게 숨어서 보면서
그들의 만남을 잘 판단해
왕자의 행동을 보고 왕자의 고통이 과연
사랑의 고민 때문인가 아닌가를 알아낼 생각이오.

왕비 말씀대로 하겠어요.
오필리어, 나는 네 미모가
햄릿의 광기의 행복한 원인이라면 정말 좋겠구나.
그래서 너의 착한 성품으로
그 애를 다시 제정신으로 되돌려
두 사람 모두 행복해졌으면 좋겠어.

오필리어 왕비 마마, 저도 그렇게 되길 바랍니다.

(왕비 퇴장)

폴로니어스 오필리어, 너는 여기를 거닐고 있어라.
폐하께서도 황공하옵니다만, 저와 함께 몸을 숨기시지요.
(오필리어에게) 이걸 읽고 있어라. 기도문을 읽고 있다면야

혼자 있어도 구실이 되지.
이런 속임수는 비난받겠지만,
신앙심이 두터운 표정에 경건한 척하는 행동으로
악마라도 감쪽같이 속이는 일이 다반사라는 것은
흔히 입증된 사실이지요.

왕 (방백) 아, 그건 정말 옳은 말이다.
이 말이 내 양심을 매섭게 채찍질을 하는구나,
분을 처발라 단장한 창녀의 뺨의 본색도
그럴싸한 말로 위장한 내 행동보다
더 추하진 않을 것이다.
오, 이 무거운 짐!

폴로니어스 왕자께서 오십니다. 몸을 숨기시지요, 폐하.

(왕과 폴로니어스 퇴장)

(햄릿 등장)

햄릿 사느냐, 죽느냐, 그것이 문제로다.
어느 쪽이 더 고상한가?
가혹한 운명의 돌팔매와 화살을 참고 맞는 것과
밀려드는 역경에 대항하여 맞서 싸워 끝내는 것 중에.
죽는다는 건 곧 잠드는 것. 그뿐이다.

잠이 들면 마음의 고통과 몸을 괴롭히는
수천 가지의 걱정거리도 그친다고 하지.
그럼 이것이야말로 열렬히 바랄 만한 결말이 아닌가?
죽는다는 건 자는 것. 잠이 들면 꿈을 꾸지.
아, 그게 걸리는 구나. 현세의 번뇌를 떨쳐 버리고
죽음이라는 잠에 빠졌을 때,
어떠한 꿈을 꿀 것인가를 생각하면,
여기서 망설이게 돼.
이게 바로 지긋지긋한 인생을
그처럼 오래 끌고 가는 이유야.
그렇지 않다면야 그 누가 견디겠는가?
시간의 채찍과 모욕을,
폭군의 횡포와 건방진 자의 오만,
버림받은 사랑의 고통, 질질 끄는 재판,
관리의 무례함, 훌륭한 사람이
소인배들에게 당하는 수모를 참는
신세를 뭣 때문에 감수한단 말인가?
단검 한 자루면 조용하고 편안해지는데.
누가 무거운 짐을 지고
피곤한 인생에 신음하며 땀을 흘리겠는가?
다만 죽음 다음에 겪을 어떤 것에 대한 두려움 때문에

결심을 못하는 것이 아닌가?
어떠한 여행자도 돌아오지 못한 미지의 나라,
우리가 알지 못하는 저 세상으로 날아가기보다는
차라리 현세의 익숙한 재앙을
참는 편이 낫다는 생각 때문이야.
이렇게 우유부단함이 우리를 비겁하게 만들어,
혈기 왕성한 결단은 창백하게 질려 병들어 버리고
천하의 웅대한 계획도 흐름이 끊겨
실천하지 못하게 되는 법.
가만, 저기 아름다운 오필리어가 아닌가,
요정 같은 그대여,
그대가 기도할 때 잊지 말고 나의 죄를 빌어 주시길.

오필리어 왕자님, 그동안 안녕히 지내셨는지요.

햄릿 고맙군. 좋아, 잘 있네.

오필리어 왕자님, 여기 제가 오래전부터 되돌려 드리려던
왕자님의 선물을 가져왔습니다.
제발 받아 주세요.

햄릿 아니오. 안 받겠소. 난 그대에게 아무것도 준 것이 없소.

오필리어 왕자님이 더욱 잘 아시고 계실 텐데요.
선물에 향기로운 말씀도 써 주셔서 더욱 빛이 났지만
이제는 그 향기가 사라졌으니 받아 주십시오.

고귀한 마음에게는 귀중한 선물도
주신 분이 무정해지면 초라하게 보이는 법이니까요.
여기요, 왕자님.

햄릿 하, 하! 그대는 정숙한가?

오필리어 네?

햄릿 그대는 아름다운가?

오필리어 무슨 말씀이신지요?

햄릿 정숙하고 아름답다면 그대의 정숙함이
그대의 미모와 가까이 해선 안 된단 말이오.

오필리어 아름다움이란 정숙과 가장 잘 어울리지 않습니까?

햄릿 아, 그렇지. 정숙함이 미모를 정숙하게 만들기보다
미모가 정숙함을 음란하게 타락시키는 게 더 쉽지.
이전엔 이 말이 궤변에 불과했지만
오늘날엔 상식이 되었네.
한때 나는 그대를 사랑했었소.

오필리어 왕자님, 저도 정말 그렇게 믿었습니다.

햄릿 나를 믿어선 안 됐는데.
오래된 그루터기에
제아무리 미덕의 싹을 접목시켜 봤자
본색이 드러나기 마련이니.
난 그대를 사랑한 적이 없소.

오필리어 그럼 저는 더욱 속은 꼴입니다.

햄릿 수녀원으로 가시오. 뭣 때문에 죄인을 낳으려 하시오?
내 스스로 꽤 괜찮은 인간이라고 생각하지만
그래도 이런저런 죄를 지었으니 차라리
어머니가 나를 낳지 않으셨다면 좋았을 뻔했소.
나는 오만하고 복수심에 불타고
야심을 품은 놈이오. 그래서 마음만 먹으면
지금까지 생각하고 상상하고 실행에 옮긴 것보다
더 많은 죄악을 저지를 수 있단 말이요.
나 같은 놈들이 하늘과 땅 사이에 기어 다녀서 뭘 하겠소?
사내란 형편없는 악당이오. 누구 하나 믿을 것이 못 돼.
수녀원으로 가시오.
그런데 당신의 아버지는 어디에 있소?

오필리어 집에 계십니다.

햄릿 밖에 못 나오게 문을 꽉 잠그고 있으라고 하시오.
집 안에서는 몰라도 밖에서 바보짓을 못하게 말이오.
잘 가시오.

오필리어 오, 자비로운 하늘이시여, 이분을 도우소서.

햄릿 만일 그대가 결혼을 한다면
지참금으로 이 저주를 선물하지.
제아무리 얼음같이 정숙하고 백설처럼 순결해도

세간의 악담은 면할 수 없을 거요.
수녀원으로 가시오. 잘 가오.
그래도 결혼을 하려거든 바보와 하시오.
현명한 남자라면 누구나
여자가 자기를 어떤 괴물로 만들어 놓을지
잘 알기 때문이오.
수녀원으로 가시오. 그것도 빨리. 안녕.

오필리어 하늘의 신들이시여, 저분을 제정신으로 돌려주세요.

햄릿 당신네들의 화장술도 익히 들었소.
신은 여자들에게 하나의 얼굴을 주었지만
여자는 또 하나의 얼굴을 만들어 낸다던데.
꼬리를 치고 걷질 않나 혀 짧은 소리를 내고
하나님의 창조물에 별명을 붙이질 않나
음탕한 짓을 하고선 몰라서 그랬다고 잡아떼고.
집어치워. 더 이상 참을 수 없소.
그런 짓이 나를 미치게 했다고.
결혼 같은 건 없어져야 해.
이미 결혼한 놈들은 한 놈만 빼놓고 다 살려 주지.
나머지 친구들은 그대로 독신을 지켜야 해.
가시오. 수녀원으로.

(햄릿 퇴장)

오필리어 아, 그처럼 고상한 마음씨가 이렇게 무너질 줄이야.
귀족, 무인, 학자의 식견과 구변, 용맹을 갖추고
이 나라의 희망이요, 꽃이며
풍속의 거울이자 예절의 본보기로서
만인이 우러러보던 분이셨는데.
이제는 완전히 변해 버리셨으니.
그리고 이 몸은, 그분의 아름다운
꿀 같은 맹세를 빨아 마시던 나는,
여인들 가운데 가장 초라하고 불쌍한 신세가 되었으니.
고운 종소리처럼 울리던 고상하고 성스러운 그분의 이성이
거칠게 깨지는 소리를 들어야 하다니.
비할 바 없는 그 모습, 꽃같이 젊은 자태가
광기에 시들어 가는 것을 보게 되었구나.
아, 가엾은 내 신세여.
예전의 그분의 모습이 눈에 선한데,
이제 와서 이런 꼴을 보다니!

(왕과 폴로니어스 등장)

왕 사랑이라고!
왕자의 마음은 그쪽으로 향해 있지는 않네.

말도 다소 두서없기는 하지만 미친 소리 같지는 않소.
그의 마음속에 뭔가가 도사리고 있고
우울증이 그걸 품고 있네.
그것이 부화해 알을 깨고 나오면 분명 위험해질 게야.
그걸 막기 위해 나는 급히 이렇게 결단하겠소.
왕자를 속히 영국으로 보내 밀린 조공을 독촉할 참이오.
아마 바다와 색다른 이국적 풍물을 접하면
왕자의 마음속에 맺힌 응어리가 풀릴 수 있지 않겠소.
그의 생각을 뒤흔들어 실성하게 만들어 버린 그것 말이오.
어찌 생각하오?

폴로니어스 좋은 생각이십니다. 그렇지만 소신은 아직도
왕자님의 상심의 원인은 상사병이라고 믿습니다.
괜찮으냐, 오필리어.
햄릿 왕자님이 하신 말씀을
보고할 필요는 없다, 죄다 들었으니까.
폐하, 원하시는 대로 하시지요.
허나, 괜찮으시다면 연극 공연이 끝난 뒤
왕비께서 왕자님을 따로 불러 수심의 원인이 무엇인지
알아보도록 하는 것이 어떻습니까?
왕비 마마가 물어보시는 동안, 허락하신다면
소신이 숨어 두 분의 말씀을 엿듣겠습니다.

왕비께서 원인을 찾지 못하신다면
왕자님을 영국에 파견하거나
폐하께서 적절하다고 생각하는 장소에 감금하시지요.

왕 그렇게 합시다. 지체 높은 자의 광기는
그대로 방치해서는 아니 되오.

(모두 퇴장)

제2장

성안

(햄릿과 배우 세 명 등장)

햄릿 부탁인데, 대사를 내가 해 보인 것처럼
혀를 매끄럽게 놀려 자연스럽게 읊어 주게. 그러지 않고
많은 배우들처럼 과장해서 소리나 지를 바에야 차라리
거리의 포고꾼에게 부탁하겠어. 또 손을 이렇게 과장되게
허공에 대고 자주 휘두르지 말고, 모든 것을 적당히 하라고.
이를테면, 격류나 폭풍우, 회오리바람처럼
감정이 북받치는 순간일수록
이를 자제해서 부드럽게 표현하란 말이오.
아, 머리에 가발을 쓴 난폭한 녀석이 삼등석 관객,

기껏해야 뭔지도 알 수 없는 무언극이나
소음밖에 모르는 관객들의 귀가 찢어져라 하고
마구 소리를 질러 격정적인 대사를
갈가리 찢어 내뱉는 꼴을 보면 내 영혼까지 불쾌해.
터머건트[3]를 빰치고 폭군 헤롯 왕을 넘어설 정도로
과장된 연기를 하는 친구는
채찍으로 후려갈기고 싶단 말이야.
제발 그런 연기는 삼가 주게.

배우 1 명심하겠습니다.

햄릿 그렇지만 대사가 너무 맥이 빠져도 안 돼.
분별력 있게 하라고.
동작을 대사에, 대사를 동작에 맞추되
특히 지켜야 할 일은 자연의 절도를
넘어서는 안 된다는 것이야.
무엇이든 도를 넘으면 연기의 목적에서 멀어지는 것이니까.
연극의 목적이란 예나 지금이나
이를테면 자연에 거울을 비추듯이
선한 것은 선한 모습 그대로, 추한 것은 추한 대로,
이 시대와 이 시절의 참다운 모습을

---

3) 이슬람교의 신 가운데 하나로 시끄럽기로 유명하며, 현대 영어에서는 '고집대로 하려는 여자'라는 의미로 사용되기도 한다.

명료하게 보여 주는 데 있다네.
그러니 이것이 지나치거나 모자라게 하면
식별력 없는 놈은 좋아라 웃겠지만
안목이 있는 사람은 실망할 거네.
자네들은 안목이 있는 사람의 평가가
극장을 가득 메운 사람들 전체보다
더 비중 있게 받아들여야 하네.
오, 내가 어떤 배우들의 연극을 본 적이 있는데—
다른 사람들은 칭찬을 했지만, 그것도 크게 칭찬을 하던데
내 말이 좀 지나칠지는 몰라도 그 배우들은
기독교인다운 말씨도 보여 주지 못했고
기독교건 이교도건 아니 도대체 인간 이라는 것이 저런 꼴로
걷고 소리 지르는가 할 정도로 보였으니
난 조물주의 조수 몇 명을 시켜
인간을 빚다가 서툴게 빚었구나 생각했어.
그만큼 인간을 흉측하게 모방했단 말이야.[4]

배우 1 저희들은 그 점을 꽤 많이 바로잡았다고 생각합니다만.

---

4) 이 장면에서 햄릿은 연극의 목적이 "자연에 거울을 비추듯" 사물들의 모습을 있는 그대로 그리는 것이라고 강조한다. 이 비유는 일반적으로 극이 현실을 모방하고 반영한다는 의미로 받아들여지고 있다. 현실의 상황을 비추는 거울은 '틀'이 되어 현실을 재현하는 것이다. 햄릿이 이러한 연극론을 펼친 후 극중극을 꾸며 숙부의 죄의 증거를 잡고자 했고, 이때 극중극은 동생이 형을 죽이고 왕위를 차지한 썩어빠진 덴마크의 현실을 비추는 거울로 기능한다.

햄릿 철저히 바로잡아 주게.

그리고 광대 역을 하는 배우에게는

주어진 대사 이외의 것은 못 하게 하게.

그들 중에는 머리가 둔한 관객을 웃기려고

자기가 먼저 웃는 자도 있으니까.

그 사이에 연극의 중요한 부분은 다 잊어 먹는단 말이야.

그건 한심한 일이지.

그런 짓을 하는 광대는 가장 딱한 야심을 보여 주는 거야.

자, 어서 가서 준비하세.

(배우들 퇴장)

(폴로니어스, 로젠크란츠 그리고 길든스턴 등장)

폴로니어스 경! 왕께서도 연극을 보신답니까?

폴로니어스 네, 왕비께서도 관람하시겠답니다.

곧 나오십니다.

햄릿 배우들더러 서두르라고 하시오.

(폴로니어스 퇴장)

자네들도 좀 재촉해 주게.

로젠크란츠, 길든스턴 네, 왕자님.

(로젠크란츠, 길든스턴 퇴장)

햄릿 이보게, 호레이쇼.

(호레이쇼 등장)

호레이쇼 부르셨습니까, 왕자님.

햄릿 호레이쇼, 내 여태껏 사귀어 온 사람들 중에서
자네만큼 올바른 사람은 없었네.

호레이쇼 왕자님, 무슨 말씀을.

햄릿 아냐, 아첨이라고 생각지 말게.
겨우 먹고살 재산과 훌륭한 성품 이외엔 없는 자네인데
자네에게 그런 말을 한다고 내가 덕 볼 것이 어디 있겠나.
가난뱅이에게 무엇 때문에 아첨을 해.
아냐, 달콤한 혓바닥 핥기를 좋아하는 일은
허식에 찬 바보에게 맡기게.
아첨을 해서 이득이 있다면
무릎 관절을 자유자재로 움직이며
굽실거리라고 하지. 알겠나?
내 영혼이 선택할 수 있는 주체가 되고
사람을 알아볼 수 있는 분별력을 갖게 된 이래,
내 사람이라고 점찍은 것은 자네뿐이야.
왜냐하면 자네는 숱한 고난 속에서도 아픔을 나타내지 않고

운명의 여신으로부터 타격을 받건 혜택을 받건
똑같이 감사하는 마음으로 대하니까.
감정과 이성이 잘 조화되어 운명의 여신이 부는 피리에 맞춰
마음대로 조작해 내는 소리에
놀아나지 않는 사람은 행복한 거야.
감정의 노예가 되지 않은 사람이 있다면 알려 주게,
그런 사람이라면 나는 그대처럼, 암,
내 마음속 깊이 마음의 끝까지 간직할 거야.
너무 말이 많았네.
오늘 밤 왕 앞에서 연극이 있을 거야.
그중 한 장면이 자네에게 얘기한 부친의 사망 경위와
흡사한 장면이 있네. 부탁인데,
그 장면이 진행되는 동안 온 정신을 집중해서
내 숙부를 관찰해 주게.
만약 어떤 한 대사 중에서도 숙부의 숨은 죄악이 드러나지
않는다면, 우리가 본 유령은 악마일 것이고,
내 상상력은 화신 불칸의 대장간처럼 탁하고 더러워진 거야.
숙부를 주의해서 보게.
나도 눈을 그 얼굴에 못 박듯 지켜 볼 테니까.
후에 우리 의견을 나누어
숙부의 거동에 대해 판단을 내려 보세.

호레이쇼 알겠습니다.

공연 도중 왕께서 신을 속여 감시를 피한다면

그 도둑맞은 부분에 대한 책임을 지지요.

(나팔수와 고수 등장, 요란한 음악을 연주한다)

햄릿 연극을 보러 오는군. 난 실성한 척해야겠어.

자네는 자리를 잡게나.

(나팔 소리. 왕, 왕비, 폴로니어스, 오필리어, 로젠크란츠, 길든스턴 그리고 다른 산하들과 시종들이 횃불을 든 왕의 근위병과 함께 등장)

왕 우리 조카 햄릿은 어떻게 지내고 있느냐.

햄릿 훌륭하게 카멜레온처럼 공기를 먹고

약속으로 가득 찬 공기도 먹고 있죠.[5)]

거세한 수탉도 이런 모이로는 기를 수 없을 겁니다.

왕 무슨 말인지 모르겠구나. 햄릿,

그건 나하곤 관계없는 대답이다.

---

5) 카멜레온은 공기만 먹고 산다는 설이 있다. 여기서 "약속으로 속을 채운 공기"란 왕위 계승에 관해 클로디어스가 한 약속(1막 2장)을 암시한다.

햄릿 네, 이젠 저하고도 관계없죠.

(폴로니어스에게) 경이 대학에서 한때 연극을 하셨다지요?

폴로니어스 그렇습니다. 왕자님,

좋은 배우라는 칭찬을 받았죠.

햄릿 무슨 역을 맡았습니까?

폴로니어스 율리우스 카이사르 역을 했는데

카피톨 신전에서 살해당했죠. 브루투스 손에.

햄릿 이런 바보를 의사당에서 죽이다니 좀 잔인하군.

배우들은 준비가 됐는가?

로젠크란츠 네, 저하. 지시를 기다리고 있습니다.

왕비 이리로 오거라, 내 아들 햄릿, 내 곁에 앉으려무나.

햄릿 아뇨, 어머니. 여기 더 끌리는 것이 있습니다.

(햄릿이 오필리어 곁으로 간다)

폴로니어스 (왕에게) 허, 들으셨지요?

햄릿 아가씨 무릎 사이에 들어가도 될까요?

오필리어 안 됩니다, 왕자님.

햄릿 아니, 무릎을 좀 베자는 말이오.

오필리어 네, 왕자님.

햄릿 내가 무슨 상스런 짓이라도 할 줄 알았소?

오필리어 전 아무 생각도 안 했습니다, 왕자님.

햄릿 처녀 다리 사이로 들어간다는 건 즐거운 것이오.

오필리어 어째서요?

햄릿 비어 있으니까.[6)]

오필리어 명랑하십니다, 왕자님.

햄릿 누가, 내가?

오필리어 네, 왕자님.

햄릿 오, 이런. 난 당신의 어릿광대거든,
인간이 명랑하지 않고서야 무얼 하겠나.
보라고, 우리 어머니가 얼마나 유쾌한 얼굴을 하고 계신지.
아버지가 돌아가신 지 두 시간 만에 말이오.

오필리어 아닙니다. 두 달의 갑절은 되지요. 왕자님.

햄릿 벌써 그렇게 됐나?
아님 그럼 악마더러 보통 상복을 입으라고 해야겠어.
나는 가죽 상복을 입을 테니. 오, 맙소사,
돌아가신지 두 달인데, 아직도 잊히지 않는다니!
그렇다면, 영웅의 이름은 넉넉히 반년 이상 남아 있겠는걸.
허나, 그는 분명 교회를 여러 채 지어야 할 거요.
안 그러면 망각될 테니까, 춤추는 목마와 함께.

---

6) 원문은 "nothing"으로 히바드(Hibbard)는 이를 'no-thing'으로 풀이하여 햄릿이 '페니스(penis)'를 의미하는 '것(thing)'이 없는 상태를 말하려 했다고 본다. 그러나 스펜서(T. J. B Spenser)는 "nothing"이 숫자 0을 말하며, 햄릿의 역을 연기하던 배우가 엄지와 검지로 원을 만들어 여성의 음부를 암시하는 동작을 취했을 것이라고 본다. 이 대사를 어느 쪽으로 이해하든 성적인 암시가 짙은 대목임은 부정할 수 없다.

왜냐하면 그 말의 묘비명이
'오! 오! 목마는 잊혀졌다'이니까.

(나팔 소리. 무언극이 시작된다)

(왕과 왕비가 등장. 서로 다정히 포옹한다. 왕비가 무릎을 꿇고 왕에게 사랑을 맹세하는 모습을 보인다. 왕이 왕비를 일으켜 머리를 숙여 그녀의 목에 머리를 기댄다. 왕은 꽃이 만발한 들판에 눕고, 왕이 잠든 것을 보고 왕비가 나간다. 이어 한 사내가 들어와 왕의 왕관을 벗기고 거기에 입을 맞춘 후, 왕의 귀에 독약을 붓고 나간다. 왕비가 돌아와 왕의 죽음을 보고 격렬한 몸짓을 한다. 독살자가 서너 명을 데리고 다시 나타나 왕비와 더불어 애도하는 척 한다. 시체가 옮겨지고, 독살자가 예물을 들고 왕비에게 구애한다. 왕비는 한동안 차갑게 구는 것처럼 보이나 결국 그의 사랑을 받아들인다)

(모두 퇴장)

오필리어 왕자님, 저게 무슨 뜻입니까?

햄릿 글쎄, 이건 〈미칭 말리코〉라 부르는 데
은밀한 악행이라는 뜻이오.

오필리어 이제 시작할 연극의 주제를 전달하는가 보군요.

(설명 역을 맡은 배우 등장)

햄릿 저 친구가 알려 주겠지. 배우란 비밀을 못 지키거든. 다 털어놓을 거요.

오필리어 무언극의 의미도 알려 주겠죠?

햄릿 그야 물론. 어떤 것이든 아가씨가 보여 주기만 한다면. 아가씨가 보여 주길 부끄러워하지만 않는다면, 그도 부끄러움 없이 죄다 설명해 줄 거야.

오필리어 그런 망측한 말씀을, 망측해. 저는 연극이나 구경하겠어요.

설명 역 우리 극단을 위해 그리고 비극을 위해 관대하신 여러분께 허리 굽혀 간청하오니 마음을 푸시고 끝까지 들어 주시기를 빕니다.

(퇴장)

햄릿 저게 서두인가, 반지에 새긴 짧은 글인가?

오필리어 정말 짧군요.

햄릿 여자의 사랑처럼 말이오.

(왕과 왕비로 분장한 두 배우 등장)

배우 왕 그간 태양신의 불 마차가 해신의 거친 바다 물결과

대지 신의 둥근 땅을 돌기를 열두 달씩 삼십 년.
달도 빛을 빌려 열두 달씩 서른 번을 이 세상을 비춰 주었소.
사랑의 신이 우리의 마음을 합쳐 주시고
우리의 손을 신성한 서약으로 묶어 주신 이래로.

배우 왕비 태양과 달이 우리의 사랑이 끝날 때까지
그 이상의 수만큼 더 여행해 주시기를.
그러나 요즘 전 우울해요.
최근 폐하가 병색이 보이시어
이전과는 달라진 용태에 근심이 앞섭니다.
허나 근심이 앞선다고 해서 폐하께서 상심하지 마시옵기를.
여자란 사랑이 깊어지면 그만큼 근심도 많아지는 법이니
사랑과 근심은 전혀 없든가, 극단적으로 많은 법이지요.
저의 사랑은 이미 아실 테니,
제 사랑이 큰 만큼 큰 근심의 정도도 아실 테지요.
조그만 의심도 큰 사랑은 근심하고,
조그만 근심이 자라는 곳에서 사랑은 강해지는 법입니다.

배우 왕 부인, 사실이지 나는 그대를 두고 떠나야 하오.
그것도 멀지 않은 날에.
내 기력이 점점 쇠약해지고 있소.
그러나 왕비는 이 아름다운 세상에
살아 남아 존경과 사랑을 받으시오.

혹시 부드러운 좋은 이를 만나 남편으로—

배우 왕비 아, 나머지 말씀은 하지 마세요.

그러한 사랑은 저의 마음에는 반역과 다름이 없어요.

두 번째 남편을 맞이할 바에야 저주를 받겠어요.

두 번째 남편을 맞는 것은

첫 번째 남편을 살해한 여자나 할 일.

햄릿 (방백) 쓰디쓴 말이구나.

배우 왕비 재혼의 동기는 사랑이 아니라

이기적이고 천한 욕심입니다.

두 번째 남편과 이불 속에서 입 맞추는 일이란

죽은 남편을 또 한 번 죽이는 일이고요.

배우 왕 당신이 한 말은 나도 믿는 바요,

그러나 우리는 마음에 결심한 일을 자주 깨뜨리기도 하오.

결심이란 기껏해야 기억의 노예 같은 것이어서

탄생은 요란하지만 그 힘을 미약하오.

흡사 과일처럼 열매가 파랄 때는 나무에 매달려 있지만,

익으면 흔들지 않아도 떨어지고 말지.

마음에 짊어진 부채를 갚는 일은 잊기 쉬운 일이요.

격정에 휩쓸려 결심한 마음이란

격정이 끝나면 희미해지는 것이고

슬픔과 기쁨이 격렬하다 해도, 행동으로

옮겨지는 과정에서 그 감정은 소멸되어 버리는 것이요.
기쁨이 극도에 달하는 곳에서 슬픔도 더욱 커지고
별것 아닌 일에 슬픔은 기쁨으로,
기쁨은 슬픔으로 변하게 마련이요.
이 세상은 무상한 것,
그러니 사랑이 운명과 더불어 변한다고 해서
이상할 것이 어디 있겠소.
사랑이 운명을 이끌어 가는지,
또는 운명이 사랑을 이끌어 가는지는
아직 누구도 밝힐 수 없는 문제로 남아 있소.
권세가 있는 자가 쓰러지면
그의 덕을 입던 자들은 도망가고
보잘것없는 자가 출세를 하면 적들도 친구가 되는 법.
이처럼 사랑도 운명이 변하는 대로 따라가는 거요.
부자에게는 친구가 몰려들지만
가난한 자가 친구를 찾을 때는
오히려 상대를 적으로 모는 법이오.
아무튼 시작한 말의 매듭을 짓는다면,
우리의 결심과 운명은 그처럼
모순된 방향으로 달리기 때문에
우리의 계획은 늘 뒤집히는 법이오.

우리의 생각은 우리 것이지만 그 결과는 아니라오.
그러니 두 번째 남편은 얻지 않겠다 하지만
첫 번째 주인이 죽으면 그런 생각도 죽을 거요.

배우 왕비 제게 먹을 것을 주는 이 대지와
빛을 주는 저 하늘을 앗아가시고
낮의 즐거움과 한밤의 휴식을 없애시고
믿음과 희망을 절망으로 변하게 하시고
감옥에 갇혀 은둔자의 고행을 하게 하시고
행복했던 얼굴을 창백하게 만드는 갖은 고난이 닥쳐와
이 몸이 간직했던 모든 것이 파괴되어도
그 고난이 현세에서 저승까지 악착같이 쫓아오게 하소서.
만약 제가 과부가 된 다음, 다시 다른 사내의 아내가 된다면.

햄릿 만약 그녀가 저 맹서를 깨뜨린다면!

배우 왕 굳은 맹서를 했구려. 여보, 잠시 혼자 있게 해 주오.
몸도 고단하고 무료한 날을 잠으로 잊고 싶소이다.

(잠이 든다)

배우 왕비 잠으로 머리를 식히세요.
어떠한 불행도 우리 둘 사이에 일어나지 않을 거예요!

(퇴장)

햄릿 어머니, 이 연극 마음에 드십니까?

왕비 내 생각엔 왕비의 맹세가 좀 지나치구나.

햄릿 아, 그렇지만 약속을 지킬 겁니다.

왕 연극의 내용을 들은 적이 있는가?
거기 무슨 악의는 없겠지?

햄릿 예, 예, 그저 농담입니다. 독이 든 농담이랄까?
전혀 악의는 없습니다.

왕 이 연극의 제목은 무엇이냐?

햄릿 〈쥐덫〉이라고 합니다. 기막힌 비유 아닙니까?
비엔나에서 있었던 살인 사건을 그린 것인데
공작의 이름이 곤자고입니다. 그 부인은 밥티스타이고요.
곧 아시게 되겠지만 흉측한 사건이죠.
그렇지만 무슨 상관있겠습니까?
폐하나 저희들처럼
깨끗한 마음을 갖고 있는 사람들을 건드리지 못하지요.
피부가 곪은 망아지가 아파서 날뛴다고
우리의 몸이 가려울 리는 없으니까요.

(루키아누스 역의 배우 등장)

저 사람은 루키아누스입니다. 왕의 조카죠.

오필리어 설명 역처럼 환히 알고 계시네요, 왕자님.

햄릿 난 당신과 당신 애인과의 관계도 설명할 수 있지.

인형극처럼 만약 두 사람이 희롱하고 노는 꼴을 본다면.

오필리어 날카롭군요. 왕자님, 날카로워요.

햄릿 내 칼날이 들어갈 땐 신음깨나 할 거요.[7)]

오필리어 점점 더 나아지면서 나빠지십니다.[8)]

햄릿 나쁘다면서도 여자들은

그런 사내들을 남편으로 삼겠지.

자, 시작해라. 살인자야.

그 저주받을 낯짝을 찡그리지 말고 어서 시작하라고.

'복수하라고 외치는 까마귀 소리'부터.

루키아누스 검은 마음, 날쌘 손, 약효는 적중할 것이고,

시간도 알맞다.

시간까지 나와 공모하여 주위에는 보는 사람 하나 없다.

한밤중에 캐낸 이 독초를 삶은 극약이여.

마녀 헤카테가 세 번 저주의 주문을 걸어

세 번 독기를 주입한 독약이여.

마법의 힘과 끔찍한 독성으로

건강한 생명을 순식간에 앗아가라.

(자는 사람의 귀에 독을 부어 넣는다)

---

7) 여기서 '칼날'은 성기의 비유이고, '신음'은 여자가 처녀성을 잃을 때 내는 소리이다.

8) 원문은 "Still better, and worse."로 햄릿이 자신의 말꼬리를 잡아 이야기하는 모습에 오필리어는 그가 실성한 사람이 아니라 정상인과 가깝게 더 '나아지고' 있지만 그의 말이 점점 모질어지고 있음을 지적하고 있다.

햄릿 왕관을 차지하기 위해 정원에서 독살을 합니다.
왕의 이름은 곤자고,
이것은 실화로 그 기록이
고상한 이탈리아어로 쓰여 있지요.
곧 저 살인자가 어떻게 곤자고 아내의 사랑을 얻는지
보시게 될 겁니다.

오필리어 폐하께서 일어나십니다.

햄릿 저런, 가짜 불길에 놀라기라도 했나?

왕비 괜찮으십니까, 폐하?

폴로니어스 연극을 중지하라.

왕 불을 밝혀라. 돌아가겠다.

일동 불, 불, 불을 켜라!

(햄릿과 호레이쇼만 남고 모두 퇴장)

햄릿 그래, 얻어맞은 사슴은 울어라.
성한 수사슴은 뛰어놀 테니.
어떤 놈은 깨어 있고 어떤 놈은 잠자니
세상만사는 그렇고 그런 것.
여보게, 내 팔자가 엉망이 되면,
배우들 틈에서 한몫할 수 있지 않을까?
새털이 무성한 모자나 뒤집어쓰고
줄무늬 구두에 장미꽃 리본쯤 달기만 하면 말이야.

호레이쇼 반몫은 할 수 있겠지요.

햄릿 완전한 한몫이라니까, 나는.

알지 않나, 내 친구여. 오, 다몬,[9]

허물어진 이 세상도 한때는 조브의 것이었으나

이제는 허영 넘치는 한 마리 공작새가

다스리고 있는 것을.[10]

호레이쇼 아예 음을 붙여 노래를 하시지요.

햄릿 여보게, 호레이쇼.

내 그 유령의 말을 천 파운드를 내고 사도 아깝지 않아.

분명히 보았지?

호레이쇼 네, 분명히.

햄릿 그 독살 장면도?

호레이쇼 똑똑히 보았습니다.

햄릿 하, 하! 음악을 연주하라! 자, 피리를 불어!

왕이 희극을 싫어하신다면 그건 싫어하시라고 해야지.

자, 음악을 연주하라.

---

9) 그리스 전설에 등장하는 인물로 '다몬과 핀티아스(Damon and Pythias)'는 목숨을 걸고 신의를 지킨 두 친구, 둘도 없는 친구를 의미한다.

10) 여기서 '조브(jove)'는 로마 신화에서 최고의 신인 주피터를 가리키며 선왕 햄릿을 의미한다. 이와 반대되는 현재 왕인 클로디어스는 다음 행에서 허영이 넘치는 '공작새(pajock)'로 비유되었다.

(로젠크란츠와 길든스턴 등장)

길든스턴 왕자님, 황공하오나 한 말씀 여쭙고자 합니다.

햄릿 하게. 세계 역사 전부라도 말하게.

길든스턴 실은 폐하께서—

햄릿 그래 폐하께서?

길든스턴 들어가신 후 심기가 불편하십니다.

햄릿 과음을 하셨나?

길든스턴 아니오. 화가 나셨습니다.

햄릿 그렇다면 의사를 부르는 게
자네의 지혜가 더 돋보이지 않겠나.
내가 그의 화를 치료하다간
도리어 그를 더 깊은 울화통에 처박아 버릴걸.

길든스턴 왕자님. 말씀에 체계를 좀 잡으시고
제가 드리는 말씀에서 벗어나지 마십시오.

햄릿 네, 공손히 듣지요. 어서 말하시오.

길든스턴 왕비께서 크게 걱정하시어
저희를 여기로 보내셨습니다.

햄릿 잘 오셨소. 환영하오.

길든스턴 왕자님, 그 인사 말씀은 이 자리에 적절치 않습니다.
폐하께서 이치에 닿는 대답을 해 주신다면

왕비 마마의 분부를 전해 드리겠지만
그렇지 않으면 황송하오나 신의 의무는 이것을 마지막으로
물러나겠습니다.

햄릿 그건 못 하네.

길든스턴 뭘 말씀하십니까 왕자님?

햄릿 이치에 맞는 답변 말이네. 내 정신이 병이 들었네.
그렇지만 내가 할 수 있는 정도의 답변이라면 해 주지.
아니, 자네 말대로, 어머니의 분부대로 하겠네.
그러니 그만 따지고 본론에 들어가지.
어머니께서 어떻다는 겐가?

로젠크란츠 왕비께서 말씀하시길,
왕자님의 거동에 너무도 놀라셨다고 하십니다.

햄릿 어머니를 놀라게 하다니 기막힌 자식이군.
그래 놀라신 다음에는? 아무 말씀 없으셨나?

로젠크란츠 주무시기 전에 왕자님께 조용히 하실 말씀이
있다고 하십니다.

햄릿 그 뜻에 따르겠네.
지금보다 열 곱절 더 어머니 노릇을 하시더라고 말이야.
더 용무가 있는가?

로젠크란츠 왕자님께선 예전엔 절 참 아껴 주셨습니다.

햄릿 지금도 그렇지. 버릇 나쁜 이 두 손을 걸고 맹세하네.

로젠크란츠 그렇다면 왕자님께서 근래 울적해하시는 원인을

말씀해 주십시오.

친구에게 슬픔을 털어놓지 않는다면

스스로에 족쇄를 채우시는 것이 되지 않겠습니까?

햄릿 출세를 못 해 그러네.

로젠크란츠 당치 않은 말씀이십니다.

폐하께서 직접 덴마크 왕위의 계승자로서 왕자님을 언명하지 않으셨습니까?

햄릿 그렇긴 하지만, 속담에도 있듯이

'풀이 자라기를 기다리는 동안'[11]—

케케묵은 속담이지만.

(배우들 피리를 들고 등장)

오, 악단이 왔군. 피리 좀 이리 줘 보게.

(길든스턴에게) 나 좀 보세.

어찌하여 자네는 이렇게 나를 몰아세우는가?

마치 나를 덫에 몰아넣으려는 것처럼?

길든스턴 뜻밖의 말씀을, 아닙니다. 왕자님.

---

11) 이 속담의 뒷부분은 '말이 굶어 죽는다'이다.

제 행동이 지나쳤다면 왕자님에 대한
저의 충성이 과한 탓입니다.

햄릿 무슨 말인지 모르겠네. 이 피리나 좀 불어 보게.

길든스턴 왕자님, 불 줄 모릅니다.

햄릿 부탁이야.

길든스턴 정말 못 붑니다.

햄릿 간청하네.

길든스턴 전혀 손도 댈 줄 모릅니다.

햄릿 거짓말보다 하기 쉬운 걸세.
구멍을 손가락으로 막고 입으로 이렇게 불기만 하면 되네.
자, 보게, 이게 구멍이야.

길든스턴 허나 그것들을 조화로운 소리로 내지 못할 겁니다.
제게는 그런 재주가 없습니다.

햄릿 아니, 여보게. 그렇다면 자네는 여태
나를 이 피리만도 못한 물건으로 생각했단 말인가!
자넨 지금 나를 조종해 연주하려 들지 않았나.
내 비밀의 핵심을 끄집어내고 싶어 안달을 하던데.
내가 마치 피리인 양
최저음에서 최고음까지 내보려 했지 않은가?
이 조그만 악기에는 많은 음악과
절묘한 소리가 들어 있지만

자넨 그걸 불 줄 몰라. 빌어먹을. 그래.
내가 이 피리보다 다루기 쉬울 줄 아는가?
자네가 나를 무슨 악기로 보든 간에,
아무리 기를 써도 나를 다룰 순 없을 걸세!

(폴로니어스 등장)

어서 오시오. 폴로니어스 경.

폴로니어스 왕비 마마께서 하실 말씀이 있다고 하십니다.
지금 바로 들라 하십니다.

햄릿 저기 저 흡사 한 마리 낙타와 같은 형상을 한 구름이 보이십니까?

폴로니어스 아이고, 저럴 수가—정말 낙타 모양이군요.

햄릿 아니, 족제비 같아 보이는데.

폴로니어스 등이 족제비같이 생겼군요.

햄릿 고래 같기도 하고.

폴로니어스 정말 고래네요.

햄릿 그렇다면 어서 어머니께 가 봐야겠군.
(방백) 이자들이 나를 갖고 노는 꼴을 더 이상 참을 수 없어.
—내 곧 가겠네.[12)]

폴로니어스 말씀대로 아뢰겠습니다.

햄릿 ‘곧’이라고 말하기는 쉽지.

(폴로니어스 퇴장)

자네들도 물러가게.

(햄릿만 남기고 모두 퇴장)

밤이 깊었구나. 지금은 마귀가 활개를 치는 때,
무덤은 크게 입을 벌리고 지옥은 독기를 내뿜는다.
낮이면 사지가 떨릴 무시무시한 일이라도 지금은 해낼 것도 같구나.
허나 가만 있자. 우선 어머니부터 뵙고 와야지.
마음아, 본성을 잃지 말아 다오.
이 확고한 가슴속에 네로[13]의 영혼을 들이지 말자.
가혹하게 굴더라도 천륜에 어긋나는 짓은 하지 말아야지.
이 일에 있어서만큼은 내 혀와 마음이 서로 속여
혀끝을 단도 삼아 내 어머니의 가슴을 찌르더라도
정작 단도는 써서는 안 된다!

(퇴장)

---

12) 이 장면을 통해 우리는 미친 척 연기를 통해 자신을 위장하면서도 재담으로 신뢰할 수 없는 자신의 주변 인물들을 요리하는 햄릿의 지성을 엿볼 수 있다. 햄릿은 자신의 주변을 맴돌며 염탐하여 정보를 빼내려 노력하는 길든스턴에게 자신을 악기 마냥 마음대로 주무를 수 있다고 생각지 말라며 일갈하고, 아첨쟁이 폴로니어스에게는 말을 바꿔 그를 바보로 만들어 버린다. 반면에 호레이쇼가 가진 분별력과 이성적 능력을 높이 평가하고 있는 햄릿은 시종일관 호레이쇼에게 진심으로 대함으로써, 그를 자신을 감시하거나 염탐하기만 하는 주변 인물들과는 구분한다.

13) 로마를 불태우고 자기 어머니를 죽인 악명 높은 로마의 황제를 말한다.

제3장

성안

(왕, 로젠크란츠, 길든스턴 등장)

왕 나는 왕자가 마음에 들지 않네. 점점 심해지는
햄릿의 실성한 행동을 그냥 방치해 두면
국가의 안전에 무슨 위험이 올지 모르는 일 아닌가?
그러니 자네들도 채비를 하게. 내가 친서를 써 줄 터인즉
자네들은 왕자를 데리고 영국으로 가도록 하라.
끊임없이 곁에서 자행되는 방자한 행동으로
우리의 안위가 위협받고 있으니 말이다.

길든스턴 지체 없이 채비하겠습니다.
폐하께 의지해 살아가는 뭇 백성들을 안전하게 지키는 일은

가장 신성한 임무이옵니다.

로젠크란츠 한 명의 개인의 삶도 위험에 빠지지 않게
전심전력을 다해야 하거늘,
하물며 많은 목숨이 의지하고 머무는 옥체는
더욱더 그래야 합니다. 국왕의 서거는
개인적인 사건이 아니라 소용돌이처럼
주변의 것들을 끌어들이니까요. 혹은
언덕 꼭대기에 고정된 거대한 수레바퀴와 같습니다.
커다란 바큇살마다 무수히 작은 존재들이 달라붙어 있어,
수레바퀴가 떨어지면 요란한 파괴와 함께
모든 작은 부속품의 하찮은 삶도 파괴됩니다.
왕이 한숨을 쉬면, 백성들은 신음을 내지요.

왕 자네들은 속히 출발을 준비하게,
지금 제멋대로 날뛰는 이 걱정거리에
족쇄를 채우고 말테니.

로젠크란츠, 길든스턴 서두르겠습니다.

(로젠크란츠, 길든스턴 퇴장)

(폴로니어스 등장)

폴로니어스 폐하, 지금 왕자님께서 왕비의 내전을 향해

가고 있습니다.
제가 휘장 뒤에 몸을 숨기고 대화를 들어보겠습니다.
물론 왕비께선 단단히 꾸중하실 줄 압니다만,
폐하의 현명한 말씀대로,
어머니가 아닌 제삼자가 대화를 엿들을 필요가 있습니다.
모성은 편파적일 수 있으니 말입니다.
이만 물러가겠습니다.
주무시기 전에 폐하께 들러
들은 바를 고하겠습니다.

왕 고맙소, 수고해 주시오.

(폴로니어스 퇴장)

아, 내가 지은 더러운 죄악, 그 악취가 하늘을 찌르는구나.
그건 인류 최초의 죄, 형제를 죽인 저주 때문이지.
이제 난 기도를 드릴 수도 없다.
그렇게 하고픈 마음이야 간절하지만,
무거운 죄의식이 의지를 꺾어 버리니
나는 두 가지 일에 메어 있는 사람처럼
어느 쪽을 먼저 할지 망설이다가
둘 다 못 하는구나. 형의 피가 두껍게 굳어 있는
이 저주 받은 손을 눈처럼 희게 씻어 줄 빗물이
저, 자비로운 하늘에는 없는가?

죄인을 바라봐 주지 않는다면
자비가 다 무슨 소용인가?
기도를 하는 것은
죄를 짓기 전 그를 미리 막아주거나,
죄를 지은 후 그를 사해 주는
이중적인 힘이 있기 때문 아니던가?
그렇다면 나도 고개를 들자.
내 잘못은 과거의 일이다.
아, 그렇지만 어떤 기도를 드려야 할까?
"내 더러운 살인을 용서하소서?"
그럴 수는 없어.
그 살인으로 빼앗은 것을
아직도 손아귀에 쥐고 있지 않은가?
이 왕관과 야망 그리고 왕비.
죄 지어 얻은 것을 쥔 채로 죄를 용서받을 수 있을까?
이 부패한 속세에서는 죄 있는 자가
손에 들린 황금으로 정의를 밀어내고
사악한 이득으로 법을 매수할 수 있지만
천국에서는 그럴 수가 없어.
거기는 속임수는 통하지 않으니
만사가 있는 그대로 나타나고 우리가 범한 죄가

속속들이 드러나거든.
그렇다면 이제 어쩐다? 무슨 방도가 남았나?
뉘우치는 시늉이라도 내 보자. 그게 소용이 있을까?
도저히 참회할 수 없는데 그게 무슨 소용이 있겠어?
아, 비참한 신세여! 오, 죽음처럼 검은 이 마음!
그물에 걸린 영혼, 벗어나려 애쓸수록
더욱 심하게 옭아매는구나!
천사들이여, 도우소서! 어디 한번 해보자!
꿇어라, 이 뻣뻣한 무릎아. 강철을 감은 심장아,
새로 태어난 아기의 힘줄처럼 부드럽게 펴져라!
모든 일이 잘되겠지. (무릎을 꿇고 기도한다)

(햄릿 등장)

햄릿 기회가 왔구나! 그가 기도를 하고 있어.
지금이다. (칼을 빼 든다)
그러면 놈은 천당엘 가고 나는 복수를 할 수 있다.
아니, 이건 좀 다시 생각해 봐야겠는데.
이 악당은 내 아버지를 살해했어. 그 대가로
외아들인 나는 이 악당을 천국에 보낸다?
아니, 그건 일을 했다고 상을 주는 격이지

복수가 아니잖아.
놈은 아버지가 육욕에 빠지고
죄가 오월의 꽃들처럼 무성하고 한창일 때
무참하게 살해했어.
아버지가 받을 심판은 하늘 외에 누가 알겠나?
하지만 속세의 생각으로는 아버지의 죄는 무거울 거야.
그런데 놈이 영혼을 정화하고
저승에 갈 차비를 완전히 끝냈을 때
죽이는 것이 복수가 될 수 있을까?
아냐, 멈춰라, 칼이여. 좀 더 끔찍스러울 때가 있을 거다.
만취해 잠에 곯아떨어졌거나 화를 낼 때,
잠자리의 음란한 쾌락에 빠졌을 때
도박과 폭언, 구원의 기미가 전혀 없는 행위에 몰두할 때
이때를 잡아 일격을 가하면
놈의 발뒤꿈치는 하늘 박차고 그 더러운 영혼은
저주받아 시커멓게 물들어
지옥으로 곤두박질칠 게 아닌가?
어머니가 기다리신다.
네놈이 기도해 봐야 고통의 날이 연장될 뿐이다.

(퇴장)

왕 (일어서면서) 말은 허공으로 날아가고

마음은 아래에 남는구나.

마음에 없는 말이 천국에 가 닿을 리 없지.

(퇴장)

제4장

왕비의 내실

(왕비와 폴로니어스 등장)

폴로니어스 왕자님이 곧 오실 겁니다.
엄하게 꾸짖으셔야 합니다.
장난이 참을 수 없을 정도로 지나쳤고
폐하의 역정을 왕비님께서
겨우 막아 내셨다고 말씀하십시오.
소신은 여기에 숨어 있겠습니다.
직설적으로 힐책하십시오.

햄릿 (안에서) 어머니! 어머니! 어머니!

왕비 내 그리 할 테니 걱정 마시오.

물러나시오. 그가 오는 소리가 들리니.

(폴로니어스 휘장 뒤에 숨는다)

(햄릿 등장)

햄릿 어머니, 무슨 일이십니까?

왕비 햄릿, 네가 아버지를 몹시 화나게 만들었다.

햄릿 어머닌 제 아버지를 몹시 화나게 만드셨죠.

왕비 저런 저런, 쓸데없이 입을 놀려 대꾸하는구나.

햄릿 이런 이런, 사악하게 입을 놀려 질문하시는군요.

왕비 이게 무슨 일이냐, 햄릿?

햄릿 대체 무슨 일이죠?

왕비 내가 누군지 잊었느냐?

햄릿 천만에요. 그럴 리 있겠습니까?
당신은 이 나라 왕비이시고, 남편 동생의 아내이시며,
또, 아니라면 좋았겠지만, 저의 어머니이시죠.

왕비 정 그렇게 나온다면, 너와 말이 통할 이를 불러오마.

햄릿 자, 그냥 앉아 계시지요. 꼼짝 마시고요.
제가 거울을 보여 드릴 테니
어머니의 속을 들여다보시기 전까지는 못가십니다.

왕비 무슨 짓이냐? 나를 죽이려 하느냐? 오, 사람 살려라!

폴로니어스 (휘장 뒤에서) 허, 큰일 났네! 사람 살려!

햄릿 (검을 빼 들고) 이건 뭐냐? 쥐새끼냐? 죽어라. 죽어!

(휘장 속으로 칼을 찌른다)

폴로니어스 (휘장 뒤에서)

어이구, 내가 죽는구나! (쓰러져 죽는다)

왕비 이럴 수가, 무슨 짓을 저지른 게냐?

햄릿 저도 모르겠습니다. 왕입니까?

(휘장을 들쳐서 폴로니어스의 시체를 발견한다)

왕비 이 무슨 경솔하고도 끔찍스런 짓이냐?

햄릿 끔찍한 짓이라고요, 그렇죠. 어머니,

왕을 죽이고, 그 동생과 결혼한 것만큼 끔찍하지요.

왕비 왕을 죽이다니?

햄릿 네, 그렇습니다. 왕비 마마.

(폴로니어스를 보며) 이 한심한 인간아.

경거망동하고 주제넘은 광대 같더니, 잘 가시오.

그대의 상전인 줄 알았소. 팔자려니 생각하시오.

쓸데없이 참견하는 것이 얼마나 위험한지 이젠 알겠지.

(왕비에게) 손을 그만 쥐어짜시고, 여기 앉으시지요.

이제 내가 어머니의 심장을 쥐어짜 드리지요.

그 마음에 무언가가 파고들 여지가 남아 있다면 말이죠.

그 마음이 악습에 젖어 아무런 감정도 느끼지 못하는 놋쇠처럼 굳어 버리진 않으셨을 테죠.

왕비 대체 내가 무얼 했기에
네가 이토록 무엄하게 구는 것이냐?

햄릿 어머니는 정숙한 여인의 품위와 수줍음을 흐려 놓고
미덕을 위선으로 만들고, 순진한 사랑의 아름다운 얼굴에서
장미꽃을 앗아 가는 대신
그 자리에 창녀의 낙인을 찍어 넣으며,
백년해로의 혼인 서약을
노름꾼의 거짓 맹세처럼 뒤집어 버리셨잖습니까?
오, 그런 행위야말로 혼인식에서 알맹이를 뺀 것과 같고
종교의식을 한낱 말잔치로 만드는 것과 같지요.
하늘도 얼굴을 붉히고 이 단단한 땅덩어리도
심판의 날을 맞이한 듯 흥분하고 두려워 떠는
그런 소행이지요.

왕비 네가 어디 내 앞에서 그따위 무례한 말을 소리 높여 내는
것이냐?

햄릿 여기 이 그림을 보시지요. 그리고 또 이걸 보시고요.
이것은 두 형제의 얼굴을 그린 초상화지요.
이분의 이마 위에 서린 기품을 보시라고요.
태양신 히페리온의 굽이치는 머리카락과
주피터의 이마를 닮고

군신 마르스의 눈빛으로 사방을 호령하는 듯하고
하늘까지 치솟은 언덕에 막 내려선
전령신 머큐리를 닮은 늠름한 자태를.
모든 신들이 도장을 찍어
인간의 본보기라고 보증해 주신 듯이 보이는 이분을요.
이분이 바로 어머니 남편이셨죠.
그런데 이제 저것을 좀 보십시오.
저것이 현재의 당신 남편입니다.
보리 이삭을 말려 죽이는 벌레처럼
건강한 형을 썩혀 죽인 자,
눈이 있으시면 보세요!
이 아름다운 산을 마다하고
이 더러운 늪에 내려와 포식을 하고 있지 않습니까?
하! 눈이 있으시면 보세요!
사랑 때문이라고는 하지 마세요.
그 나이가 되면 욕정의 불도 꺼져
분별을 따르기 마련이거늘
무슨 놈의 분별이 여기서 이리로 가게 합디까?
물론 감각이야 있겠지요.
그렇지 않으면 거동도 못 하실 테니.
그렇지만 그 감각은 마비된 것이 분명합니다.

미치광이도 이런 실수는 안 할 겁니다.
제아무리 감각이 환각에 빠졌어도 다소 선택의 여지는
남아 있을 테니까요.
도대체 어떤 귀신에 홀렸기에
장님처럼 이런 실수를 하셨답니까?
촉각이 없으면 눈으로, 눈이 안 보이면 촉각으로,
손이나 눈이 없어도 귀가 있으면,
그 모든 것이 없어도 냄새 맡을 수 있다면
아니 어느 감각이라도 병든 한 조각만 남아 있다면
이런 미련한 짓을 하지 않았을 겁니다.
아, 수치심아! 어디로 숨었느냐?
빌어먹을 욕정아, 네가 중년 여성의 반란을 일으킨다면
타오르는 청춘 앞에 정조가 양초처럼
녹아 버리는 것은 당연한 일
억제할 수없는 열정이 날뛸 때에는
수치심을 말할 것도 없지.
머리가 반백이 되어서도 스스로 불타고
이성이 욕정의 앞잡이가 되는 판국이니까.

왕비 오, 햄릿, 그만해라.
네 말을 듣고 비로소 들여다보이는 내 영혼,
아무리 하여도 지워지지 않을 시커먼 얼룩이 있구나.

햄릿 아니, 그러고도 기름에 절고 땀에 젖은
이부자리 속에 들어가
타락에 허우적대며, 그 추잡한 돼지와 희희낙락하시죠.

왕비 그만! 제발 그만!
너의 말이 비수처럼 날아와 내 귀를 찌르는구나.
제발 햄릿, 그만해 다오.

햄릿 살인자, 악당,
전 남편의 백분의 일만도 못한 놈.
악한 왕의 본보기고, 선반 위의 물건 집듯
귀중한 왕관을 훔쳐 제 주머니에 처넣은
나라와 왕위의 소매치기.

왕비 제발 그만!

햄릿 쓰레기 같은 놈의 왕—

(유령 등장)

햄릿 오, 천사들이시여, 날개로 이 몸을 보호해 주소서.
폐하께서 어찌하여 이곳에—

왕비 왕자가 미쳤구나!

햄릿 게으른 아들을 꾸짖으러 오셨습니까?
시간을 지체하고 결의를 방치한 채

지엄한 엄명을 속히 실행치 못한 저를.

말씀만 하십시오.

유령 잊지 마라. 내가 온 것은

네 느슨해진 결심을 벼리어 주기 위함이다.

헌데 보아라, 네 어미가 놀라 망연자실해 있구나.

어서 어머니의 영혼의 고통을 덜어 주어라.

망상은 심약한 몸일수록 강하게 괴롭히는 법이다.

어머니에게 말을 걸어라, 햄릿.

햄릿 어머니, 괜찮으십니까?

왕비 오, 너야말로 괜찮으냐?

허공을 바라보며 실체도 없는 공기와

이야기를 하더구나. 정신이 나간 듯

두 눈을 부릅뜨고 자다가 비상에 걸린 군인마냥

머리칼이 쭈뼛하게 곤두섰구나.

오, 착한 내 아들아.

끓어오르는 네 광기를 좀 진정시키려무나.

어디를 그리 보고 있는 게냐.

햄릿 저분, 저분을 보십시오. 저 창백한 얼굴!

저 가슴에 엉킨 원통한 사연을 들으면

돌덩이라도 울 것입니다.

—절 그렇게 보지 마십시오. 아버님의 애처로운 표정은 저

의 철석같은 결심을 둔하게 만듭니다—
피 대신 눈물을 흘린다든지요.

왕비 누굴 보고 그런 말을!

햄릿 안 보이십니까?

왕비 아무것도—

햄릿 아무것도 들리지 않으시고요?

왕비 우리 둘의 말소리 외에는.

햄릿 아니, 저길 봐요. 바로 지금 스르륵 빠져나가시는데!
아버지가 살아 계실 때와 꼭 같은 차림으로!
자, 보세요! 바로 지금 문간을 넘어가고 계시잖아요!

(유령 퇴장)

왕비 그건 네 머릿속에 만들어 낸 환상이다.
있지도 않은 것을 있는 듯이 만들어 내는 것은
광증에서 비롯된 것이다.

햄릿 광증이라고요?
제 맥박은 어머니만큼은 건강하게 뛰고 있어요.
제가 한 말은 광증 때문이 아닙니다. 시험해 보세요.
제가 말한 것을 되풀이해 보죠. 미쳤다면
엉뚱한 소리를 할 겁니다. 어머니.
제발 자기 양심에다 기만적인 약을 바르지 마세요.
나는 잘못이 없고 제가 미친 소리를 한다고요.

그건 곪은 곳을 겉만 치료해

썩은 고름이 보이지 않게 전신에 퍼지는 것과 같아요.

하늘에 고백하세요.

지난 일을 참회하고 앞으로 다가올 일을 삼가세요.

잡초에 거름을 퍼부어서 더욱 무성하게 만들지 마세요.

요즘처럼 타락한 세상에선

미덕이 악덕에게 용서를 비는 것도 모자라

잘해 줘도 좋다는 허락을 구해야 할 판이죠.

왕비 오, 햄릿. 네가 내 심장을 두 쪽으로 쪼개 놨구나.

햄릿 그럼 나쁜 쪽을 버리시고,

남은 반쪽으로 순결하게 사십시오. 안녕히 주무세요.

그러나 숙부의 침대에 들어가진 마세요.

정조가 없거든, 있는 척이라도 해 주세요.

습관이란 괴물은 악습에 무감각하게도 만들지만

천사 같은 면이 있어,

선행을 자주 하면 새로 맞춘 옷이 그러하듯

차츰 몸에 배기 마련이죠.

오늘 밤을 삼가시면 내일은 한결 참기 쉽고,

그다음은 더욱 쉬워지는 법이니.

이렇게 습관은 천성을 바꿀 수도

악마를 누르고 기적처럼 몰아낼 수도 있기 때문이죠.

자, 안녕히 주무세요. 신의 축복을 받길 원하시면
저도 기도하겠습니다. 이 양반의 죽음은 안됐지만
그것도 하늘의 뜻이겠죠. 하늘은 이것으로 저를 벌하시고
제 손을 빌어 이 늙은이를 처벌하신 겁니다.
시체는 제가 처리하고 그에 대한 책임은
모두 제가 지겠습니다.
그럼 다시, 안녕히 주무세요.
제가 이리 가혹하게 군 것은 충정 때문입니다.
이건 불행의 시작이고 더 끔찍한 일이 남아 있습니다.
어머니, 한 말씀만 더 드리지요.

왕비 내가 어떻게 해야겠느냐?

햄릿 이것만큼은, 부디 하지 마세요.
그 비곗덩이 왕이 이끌거든 잠자리로 가
능글맞게 뺨을 꼬집고 "귀여운 내 생쥐"라 부르고
역겨운 키스를 하거나,
그 저주받을 손가락이 당신의 목을 애무해 준 대가로
이 일을 다 폭로하시는 거요.
제가 진짜로 미친 게 아니라 미친 척만 하고 있다고요.
차라리 그자에게 알리는 게 나을지 모르죠.
어찌 아름답고 정숙하고 지혜로운 왕비께서
이런 중대사를 그 두꺼비 박쥐,

수고양이 같은 놈한테 감추시겠습니까?
아니죠, 분별이고 나발이고.
저 유명한 원숭이처럼 지붕에서 새장을 열어
새들을 날려 버리고 저도 한 번 날겠다고
새장에 들어가 뛰어내리다가 목이 부러지는 꼴이 되겠죠.

왕비 걱정 마라, 숨을 쉬어야 말이 나오고
숨을 쉬는 것이 살아 있는 것이라면,
난 더 이상 산목숨이 아니니 네 말을 누설할 리 없다.

햄릿 전 영국으로 가야 할 겁니다. 아시지요?

왕비 그래, 내 깜박 잊었구나. 그렇게 결정되었다더구나.

햄릿 이미 왕의 친서도 준비되었고,
제겐 독사나 다름없는 두 동창이 어명을 받았다지요.
제 앞길을 쓸어 함정으로 몰아넣겠다는 수작인데
어디 한번 해 보라죠. 제 손으로 묻은 폭탄에 걸려
나가떨어지는 것도 재미있는 구경일 테니까요.
이쪽에선 놈들이 파고 든 구멍보다 한 자 더 깊이 파
놈들을 저 달나라까지 날려 보낼 겁니다.
두 간계가 정면으로 충돌하면 멋질 겁니다.
이 영감 때문에 바쁘게 되었군요.
시체는 옆방으로 옮기지요.
어머니, 안녕히 주무세요. 정말 이 영감이

이토록 조용하고 은밀하고 엄숙하게 보이다니.
생전에는 멍청한 수다꾼이었지.
자, 영감, 같이 일을 끝내 주셔야겠어.
안녕히 주무세요, 어머니.

(햄릿, 폴로니어스의 시체를 끌고 퇴장. 왕비는 혼자 남는다)

제 4 막

제1장

성안

(왕과 왕비, 로젠크란츠와 길든스턴 등장)

왕 이처럼 한숨짓고 깊이 탄식하니 무슨 이유요.
말해 보오. 과인도 알아야겠소. 당신 아들은 어디에 있소?

왕비 잠시 자리를 비켜 주게.

(로젠크란츠와 길든스턴 퇴장)

아, 오늘 밤 제가 당한 일은 끔찍했어요!

왕 거트루드, 무슨 일이오? 햄릿은 어찌 되었소?

왕비 미쳐 날뛰는 모습이 마치 거센 바다와 바람이
힘을 겨룰 때처럼 걷잡을 수 없었어요.
햄릿이 휘장 뒤에서 뭔가 움직이는 소리를 듣자

칼을 꺼내 "쥐새끼다, 쥐새끼!"라고 소리 지르며
숨어 있던 폴로니어스를 찔러 죽였어요.

왕 그럴 수가! 내가 그 자리에 있었다면
같은 변을 당했을 거요.
더 이상 내버려 두면 모두가 위험해.
당신도 나도 모두가 말이요.
아, 이 끔찍한 일을 어떻게 변명한담?
모든 책임은 과인에게 돌아올 것이오.
진작 알아차려 이 실성한 젊은이를 묶어 두고
나다니지 못하게 했어야 했는데
그 애에 대한 지나친 사랑으로
적절한 조치를 취하지 못했으니.
몹쓸 병에 걸린 환자가 그렇듯이 사실을 감추기만 하다가
생명을 잃어버린 꼴이야.
그는 어디에 있소?

왕비 제 손으로 죽인 시체를 끌고 나갔는데
실성한 와중에도 보잘것없는 광맥 속의 한 줄기 황금처럼
순진한 마음을 보여
자기가 저지른 짓에 눈물을 흘리더군요.

왕 아, 거트루드, 갑시다!
해 뜨기 무섭게 그 애를 배에 태워 떠나보내겠소.

이 불상사는 국왕의 권위와 수단을 동원해
적당히 처리할 수밖에 없어. 여보게, 길든스턴!

(로젠크란츠와 길든스턴 등장)

두 사람은 몇 사람을 더 불러 도움을 청하라.
햄릿이 광기에 휘말려 폴로니어스를 죽여
왕비의 방에서 시신을 끌고 나갔다네.
왕자를 찾아서 부드러운 말로 타일러
시체를 성당에 옮기도록 해 주게. 서두르게.

(로젠크란츠와 길든스턴 퇴장)

자, 거트루드, 이제 현명한 신하들을 불러
앞으로 취할 조치와 이 불상사에 대해 알려야겠소.
비방이 일더라도 세상 반대쪽으로 향하게 해야겠소.
쑥덕임의 포탄이 정통으로 표적을 맞히듯 독화살처럼
과녁을 향해 날아가겠지만
내 이름을 피해 허공을 날다 떨어질 것이요. 자, 갑시다.
마음이 뒤숭숭하고 불안하오.

(두 사람 퇴장)

제2장

성안

(햄릿 등장)

햄릿 무사히 처리했군.

로젠크란츠, 길든스턴 (밖에서) 왕자님! 햄릿 왕자님!

햄릿 가만, 저 소리는?

누가 나를 부르는가?

아, 저기 오는군.

(로젠크란츠와 길든스턴 등장)

로젠크란츠 왕자님, 시신은 어떻게 하셨어요?

햄릿 흙에 섞었지. 서로 친척 간이니.

로젠크란츠 어디 있는지 말씀해 주시지요.
성당에 모셔야 합니다.

햄릿 믿지 말게.

로젠크란츠 무엇을요?

햄릿 내가 내 생각을 버리고 자네의 말을 따를 것이란 생각을 말이네.
그뿐인가, 스펀지 같은 자들의 물음에 국왕의 아들이 어떻게 답하겠는가?

로젠크란츠 제가 스펀지라는 말씀이십니까, 왕자님?

햄릿 물론이네, 왕의 총애, 보상,
권력을 빨아들이는 스펀지 말일세.
그렇지만 이런 신하들이야말로
왕에겐 가장 요긴한 존재이지.
원숭이가 사과를 먹는 격이랄까?
왕은 그런 자들을 입속 한구석에 넣었다가
나중에는 삼켜 버리거든.
왕이 자네가 주워 모은 것을 써야 할 땐
쭉 짜기만 하면 되지.
그럼 이 스펀지는 이전처럼 메말라 버리는 거야.

로젠크란츠 무슨 말씀인지 모르겠습니다.

햄릿 반가운 일이군.

험담도 어리석은 귀에는 들리지 않는 법이니.

로젠크란츠 왕자님, 시신이 어디 있는지 말씀해 주시고,

저희와 함께 폐하께 가시지요.

햄릿 몸은 왕과 있으나, 왕은 몸과 함께 있지 않네.

왕이란 것은—

길든스턴 것이라뇨, 왕자님.

햄릿 아무것도 아니네. 왕에게 안내하게.

여우야 꼭꼭 숨어라, 찾으러 간다.

(모두 퇴장)

제3장

성안

(왕과 신하들 함께 등장)

왕 왕자를 찾아 시체가 어디 있는지 알아보도록
사람을 보냈소.
그를 이대로 두었다가는 얼마나 위험해지겠소.
그렇다고 해서 엄한 법으로 다스릴 수도 없는 일이고,
왕자는 어리석은 군중의 사랑을 받고 있소.
군중이란 판단력이 아니라 눈에 보이는 대로 움직이는 존재.
그러니 왕자에 가해지는 형벌만이 문제가 되고
지은 죄는 놓치게 될 거요.
만사를 원만하게 처리하기 위해서는

그를 급히 해외로 보내되,
심사숙고 후 결정한 결과인 듯 보이게 해야 하오.
난치병은 무모한 치료법을 사용해서 고치든지,
아니면 포기하는 수밖엔 없소.

(로젠크란츠, 길든스턴 외 일행 등장)

그래, 어떻게 됐나?

로젠크란츠 시체를 어디에 감추셨는지 말씀을 안 하십니다.

왕 왕자는 어디에 있는가?

로젠크란츠 밖에 계십니다.
분부를 내리실 때까지 감시병을 붙여 두었습니다.

왕 불러들여라.

로젠크란츠 여보게, 왕자님을 모시고 오게.

(햄릿과 감시병들 등장)

왕 자, 햄릿, 폴로니어스는 어디 있느냐?

햄릿 식사 중입니다.

왕 식사? 어디서?

햄릿 먹고 있는 게 아니라 먹히고 있는 중이지요.

구더기 같은 정치가 무리가 모임을 열고
폴로니어스를 파먹고 있습니다.
구더기는 먹는 일에 관한 왕이죠,
인간은 살찌기 위해 다른 동물을 살찌게 하지만
결국 구더기를 위해 우리가 살찌는 격이죠.
살찐 왕이나 메마른 거지나 맛은 다를지 몰라도
같은 식탁에 오른 두 가지 요리일 뿐이죠. 그게 끝입니다.

왕 허, 이럴 수가!

햄릿 왕을 먹은 구더기로 물고기를 낚고,
그 구더기를 먹은 물고기를 먹기도 하지요.

왕 그게 무슨 뜻이냐?

햄릿 아무것도 아닙니다.
다만 왕이 어떻게 거지의 배 속으로 행차하실 수 있는지
말씀드렸을 뿐입니다.

왕 폴로니어스는 어디 있느냐?

햄릿 천국에요. 그리 사람을 보내 보시지요.
거기 없으면 친히 다른 장소를 찾아보시든지요.
그래도 이번 달 내에 찾지 못하시면,
복도로 나가는 계단을 오르다가 냄새를 맡게 되실 겁니다.

왕 (시종들에게) 그곳을 찾아보아라.

햄릿 그대들이 갈 때까지 기다리고 있을게요.

(시종들 퇴장)

왕 햄릿, 네가 저지른 일이 심히 유감스럽지만,
과인은 너의 안전을 무엇보다도 염려하고 있으니
네가 급히 여길 떠나는 것으로 조치하겠다.
떠날 채비를 해라.
배는 마련되어 있고 바람도 잔잔하며
수행원들도 대기 중이니
곧 영국으로 떠나거라.

햄릿 영국이라!

왕 그렇다, 햄릿.

햄릿 좋습니다.

왕 나의 본의를 알아주니 고마운 일이다.

햄릿 그 본의를 알아차리는 천사가 눈에 보이는 것 같군.
자, 가 봅시다. 영국으로! 안녕히 계세요, 어머니.

왕 아버지라고 해야지, 햄릿.

햄릿 어머니죠. 아버지와 어머니는 남편과 아내이고,
남편과 아내는 일심동체이니 어머니라고 할밖에.
자, 가지. 영국으로.

(퇴장)

왕 그의 뒤를 밟게. 재빨리 배에 타도록 유인해.
지체해서는 안 되네. 오늘 밤 안에 출발하도록 하게. 어서!

모든 절차는 다 완료되었으니, 어서 서둘러 주게.

(로젠크란츠와 길든스턴 퇴장)

영국의 왕이여,
그대가 나의 호의를 조금이라도 감사히 여긴다면
우리 덴마크 검이 준 상처는 아직도 생생해
우리의 힘을 잘 알고 자진해서 충성할 것이니.
나의 명령을 거절하지는 않을 것이야.
친서에 적힌 대로 즉시 햄릿을 죽이라는 명령 말이야.
영국의 왕이여, 그 명령을 꼭 실행하라.
햄릿이 열병처럼 내 핏속에서 날뛰고 있으니
이것을 치료하는 것이 영국 왕 그대의 임무요.
이 일이 끝날 때까지는 어떤 행복이 와도
내 마음이 결코 즐겁지 않을 것이야.

(퇴장)

제4장

덴마크의 평야

(포틴브라스가 그의 군대를 이끌고 등장)

포틴브라스 부대장, 가서 덴마크 왕에게 안부를 전하게.
왕께서 허가하고 약조해 준 대로
포틴브라스가 군대를 이끌고
영토를 통과하고자 한다고 전해라.
다시 만날 장소는 알고 있을 테지.
만약 왕께서 나를 보시고자 하시면
내가 직접 찾아뵙고 경의를 표하겠다고 하시오.

부대장 분부대로 하겠습니다.

포틴브라스 조용히 진군해라.

(부대장을 제외한 전원 퇴장. 햄릿과 로젠크란츠, 길든스턴, 시종들 등장)

햄릿 여보시오, 저건 누구의 군대요?

부대장 노르웨이 군대입니다.

햄릿 출정의 목적이 무엇이요?

부대장 폴란드의 한 지역을 공격할 겁니다.

햄릿 지휘관은 누구요?

부대장 노르웨이 선왕의 조카이신 포틴브라스입니다.

햄릿 진군해 가는 곳이 폴란드의 본토요, 아니면 변방이오?

부대장 사실을 말씀 드리자면
우리는 아무 실익도 없는 이름뿐인
한 뙈기 땅을 얻으러 가고 있습니다.
저라면 오 두카트, 단돈 오 두카트만 내라고 해도
소작하지 않을 그런 땅입니다.
노르웨이 왕이나 폴란드 왕이라도
그 이상의 값은 받지 못할 겁니다.

햄릿 그렇다면 폴란드 왕도 애써 그 땅을 방어하지 않겠군.

부대장 아닙니다. 이미 수비대가 배치되어 있습니다.

햄릿 이천 명의 생명과 이만 두카트를 써도
이 하찮은 문제를 해결할 수는 없을 거야.

이거야말로 태평성대의 종기로,
내부는 곪아 터져 밖에서 보기엔 멀쩡해서
왜 사람이 죽는지도 알 수 없는 거지. 그럼, 고맙소.

부대장 안녕히 가십시오.

(퇴장)

로젠크란츠 그만 가시지요, 왕자님.

햄릿 곧 따라 갈 테니 먼저 가 보게.

(햄릿을 제외하고 모두 퇴장)

모든 것이 나를 힐책하고
내 무딘 복수심에 박차를 가하는구나.
인간이 일생 동안 먹고 자기만 한다면 인간은 뭐란 말인가?
짐승과 다를 바 없지.
신은 우리에게 앞뒤를 살필 수 있는 분별력을 주었지만
그 능력, 신성한 이성을 쓰지 않고
녹슬게 하라고 준 것이 아니야.
그런데 나는 짐승처럼 망각에 빠졌는지,
비겁하게 망설이며 사태를 지나치게 세밀히 생각하는지.
생각을 네 조각내면 지혜란 한 조각일 뿐
나머지 세 조각은 비겁함이니.
나는 왜 이 일은 해야 한다고 말하면서도
아무 일도 못하고 있는 거지?

해야 할 일에 대한 명분도, 의지도, 힘도, 수단도
있으면서 말이야.
이 큰 사례가 내게 훈계하는구나.
저처럼 막대한 인원의 군대가
저 가냘픈 젊은 왕자에 의해 통솔되고 있으니.
저 왕자는 신성한 야심에 가슴 부풀어
예측할 수 없는 미래를 겁냄 없이
자신의 생명을 운명과 죽음, 위험 속에
내던지고 있지 않는가?
그것도 고작 달걀 껍데기만 한 땅덩어리 때문에.
진실로 위대한 것은 대의명분이 없으면
미동도 하지 않는 게 아니라
명예가 걸렸을 때 지푸라기 하나를 위해서도
일어나 싸우는 일이야.
그런데 나는 뭔가?
아버지는 시해되고 어머니는 더럽혀졌으니
이성과 피가 들끓어야 할 텐데 그저 잠자코 있으니.
부끄럽게도 이 만의 병사들이
신기루 같은 명예를 위해
흡사 잠자리로 달려가듯
죽음의 길로 달려가고 있지 않는가?

그것도 양 군대가 마음 놓고 싸울 수도 없으며
쓰러진 자들을 묻을 묘지로도 부족한
조그만 땅덩어리를 위해서.
아, 이 순간부터 나의 생각은 피비린내가 나야 한다.
그렇지 않으면 가치가 없어.[14]

(퇴장)

14) 《햄릿》을 분석하는 수많은 비평가들은 끊임없이 복수에 대해 고민하면서도 정작 실행에 나서지 않는 햄릿의 '늑장 부림'에 대해 끊임없이 논의해 왔다. 신역사주의적 비평가인 바우어스와 프로서는 엘리자베스 시대의 법과 종교가 복수라는 행위가 신의 권위에 도전하는 불경스러운 일이라고 가르치고 있었음에 주목한다. 그러나 이들은 당시 일반 대중들은 특정한 상황에서 행해진 복수에 대한 동정심을 가지고 있었음 또한 지적하는데, 특히 죽은 아버지에 대한 복수는 자식으로서의 신성한 의무라고까지 여겨지기도 했다. 따라서 극에 드러나는 햄릿의 복수 지연은 그 시대 관중들이 처한 도덕적 딜레마를 드러낸다는 것이라 볼 수 있다.

제5장

성안

(왕비, 호레이쇼, 신하 한 명 등장)

왕비 만나고 싶지 않네.

신하 간청을 하고 있습니다. 아주 실성을 했는지 가련합니다.

왕비 어쩌란 말인가?

신하 줄곧 아버지 얘기를 하고 있사온데,

이 세상에 음모가 있다는 말을 들었다느니,

헛기침에 자기 가슴을 치고,

사소한 일에 화를 내며, 알 듯 말 듯한 말을 합니다.

아가씨의 말은 아무 의미도 없지만 종잡을 수 없는 그 말이

듣는 사람을 동하게 해 멋대로 추측하게 하니

아가씨가 눈짓하고 끄덕이고 몸짓을 할 때마다
확실치는 않아도 불행한 사연을 짐작하게 합니다.

호레이쇼 말씀을 나눠 보시는 게 좋을 것 같습니다.
좋지 않은 생각을 하는 무리들이
위험한 풍문을 뿌리고 다닐지도 모릅니다.

왕비 불러 오도록 하시오.

(호레이쇼 퇴장)

죄지은 인간이 그렇듯 병든 내 마음엔 하찮은 일들마저
더 큰 재난을 예고하는 서곡처럼 느껴지는 구나.
죄악이란 어리석은 의심이 많아
감추려 해도 밖으로 쏟아져 나오는 법.

(호레이쇼, 오필리어와 재등장)

오필리어 덴마크의 아름다운 왕비님은 어디 계시나요?

왕비 어찌된 일이냐? 오필리어.

오필리어 (노래한다) 그대가 진정 내 사랑하는 이인 줄
내 어찌 알까요?
조가비 모자에 지팡이 짚고 샌들을 신은
순례자 차림이 나의 사랑.

왕비 저런, 가엾게도. 그 노래는 무슨 뜻이냐?

오필리어 뭐냐고요? 잘 들어보세요. (노래한다)

님은 죽어 떠나 버렸네, 아가씨.
님은 죽어 떠나 버렸네.
머리에는 푸른 잔디
발치에는 묘석이.

왕비 아, 오필리어, 애야.

오필리어 좀 더 들어 줘요. (노래한다)

그분의 수의는
산에 쌓인 눈처럼 희고

(왕 등장)

왕비 오 폐하, 이것 좀 보세요.

오필리어 (노래한다) 달콤한 꽃송이에 파묻혀

사랑의 눈물 소나기 되어
무덤으로 가시지 못했어요.

왕 잘 있었느냐, 오필리어야.

오필리어 감사해요. 사람들 말이

올빼미는 빵장수 딸이었대요.
지금은 알지만 내일은 어떻게 될지 모르지요.
신이 함께하시길!

왕 아버지 생각을 하는군.

오필리어 그 얘긴 하지 마세요.

그렇지만 누가 까닭을 묻거든 이렇게 말해 주세요.

(노래한다)

내일은 성 밸런타인데이.
이른 아침 일어나
나는 당신 창가에 선 처녀
나는 당신의 밸런타인.
님은 일어나 옷을 걸치고
방문을 열어 주겠죠.
들어갈 적엔 처녀이나
나올 땐 처녀가 아니라네.

왕 가련한 오필리어.

오필리어 정말이지 여러 말 말고 끝을 맺어야겠어요.

(노래한다) 아아, 이런 이제 어쩌나
부끄럽고 슬퍼
젊은 사내는 하겠지, 기회만 있으면
그것, 사내들은 나빠요.
그녀가 말하네,
'당신이 나를 쓰러뜨릴 때는
결혼한다 약속했죠.'

그가 대답하길,

'해를 두고 맹세하길, 그럴 작정이었다오.

그대가 나의 잠자리로 오지 않았다면.'

왕 언제부터 저랬는가?

오필리어 다 잘될 거예요. 우린 참아야 해요.

그렇지만 사람들이 그분을 차가운 땅속에 눕혔다는 생각을 하니

울지 않을 수가 없어요. 오빠도 알게 될 거에요.

친절한 말씀 고마워요.

마차를 대령하세요. 안녕히 계세요. 숙녀분들.

안녕. 숙녀분들.

안녕, 안녕히 계세요.[15)]

(퇴장)

왕 저 아이 뒤를 따라가 잘 감시해 주게.

(호레이쇼 퇴장)

아, 깊은 독소 같은 비탄이 저렇게 만들었군.

모두 부친의 죽음에서 연유된 일.

아, 거트루드, 거트루드,

---

15) 실성한 오필리어가 부르는 노래를 두고 몇몇 비평가들은, 오필리어와 햄릿이 성관계를 맺었을 뿐 아니라 이것이 오필리어로 하여금 자신이 아버지를 거역했다는 죄책감에 시달리게 했다고 설명한다. 그녀가 부르는 노래를 살펴볼 때, 전반적으로 오필리어는 연인인 햄릿과 아버지를 혼동하고 있으며, 자신이 이미 햄릿의 왕자비가 된 것으로 상상하고 있는 것으로 보인다.

슬픔이 엄습할 때는 하나씩 오는 것이 아니라
떼를 지어 몰려온다오.
그 애 아비가 살해당하고 당신 아들이 사라지고.
하기야 자초한 일이지만은.
국민들은 폴로니어스의 죽음에 관해 억측하고
뜬소문으로 수군대고 있소.
우리도 경솔하게 일을 처리했지.
쉬쉬하며 너무 서둘러 매장을 했으니까.
가련한 오필리어는 실성을 하여 분별력을 잃었구려.
그것이 없으면 허상인지 짐승인지 알 수 없지.
마지막으로, 이에 못지않게 중요한 일이
그 애의 오라비가 몰래 프랑스에서 돌아와
의구심에 싸여 모습을 보이지 않은 채 헛소문을 퍼뜨려
그의 귀에 독을 붓는 자들과 가까이 하고 있다는 것이오.
그래, 근거 없는 말로 이 사람 저 사람 귀에 대고
나를 모략하겠지.
오, 거트루드, 모략이 엽총처럼 내 온몸 곳곳에
치명상을 입을 듯싶소. (밖에서 소란한 소리가 들린다)

왕비 아니, 게 무슨 소란이냐?

왕 근위병은 어디 있는가? 문을 단단히 지키라고 해라.

(전령 등장)

무슨 일이냐?

신하 폐하, 자릴 피하십시오.
바닷물이 둑을 넘어 순식간에 해안을 집어삼키듯
젊은 레어티즈가 폭도들을 이끌고 근위병들을 밀어내고
이리로 오고 있습니다.
폭도들은 그를 국왕이라고 부르며 이제 개벽이라는 듯
모든 질서의 기준 될 전통도 잊고 관습도 무시한 채
"우리는 레어티즈를 국왕으로 선출한다"라고 외칩니다.
모자를 던지고 박수를 치며 목청껏
"레어티즈를 국왕으로! 레어티즈 왕!"이라고
부르짖고 있습니다.

왕비 냄새도 잘못 맡은 채 기세 좋게 짖는 꼴이란,
반대 방향이란다. 이 어리석은 덴마크의 개들아.
(안에서 소란한 소리가 들린다)

왕 문이 부서졌구나.

(무장한 레어티즈가 추종자들과 등장)

레어티즈 국왕은 어디 있나? 여러분, 밖에서 기다리게.

추종자들 아니요. 우리도 들어갑시다.

레어티즈 부탁이오. 자리를 비켜 주시오.

추종자들 알겠소, 그렇다면.

레어티즈 고맙소. 문을 지켜 주시오.

(추종자들 퇴장)

이 더러운 왕. 아버지를 내놔라.

왕비 진정해라, 레어티즈.

레어티즈 진정할 수 있는 피가 한 방울이라도 남아 있다면
나는 아버지 자식이 아니오,
내 아버지는 바람난 아내의 남편이고,
진실하신 나의 어머니의 순결한 이마에
창녀의 낙인을 찍는 꼴이 될 것이오.

왕 레어티즈, 무엇 때문에 이처럼 소란을 피우느냐.
거트루드, 그냥 둬요. 이 몸을 근심할 필요는 없어.
국왕은 신성한 울타리에 싸여 있는 존재.
반역자는 아무리 역모를 노려도
울타리 사이만 기웃거릴 뿐
손을 대지 못하는 법이오.
말해 봐라, 레어티즈.
무엇 때문에 격분했는지. 거트루드, 그를 놓아주오.
자, 어서 말해 보거라.

레어티즈 내 아버지는 어디에 있소?

왕 죽었네.

왕비 왕께선 관련이 없으시다.

왕 마음껏 물어보게 놔두시오.

레어티즈 어떻게 돌아가셨소? 속일 생각은 마시오.

충성 따윈 지옥으로 떨어져라.

군신 간의 맹세는 끔찍한 악마에게나 주라지.

양심이고 신앙이고 지옥 끝으로 곤두박질쳐라.

난 천벌도 두렵지 않다. 이승이고 저승이고 무슨 소용이야.

무슨 일이 닥쳐와도

내 반드시 아버지의 원수를 갚을 것이오.

왕 누가 막는다고 하더냐?

레어티즈 이 세상에서 나의 결심을 막을 수 있는 건 없소.

내 힘이 미력하나마 적절히 사용해

반드시 해 내고야 말 것이오.

왕 레어티즈,

네 아비의 죽음의 진상을 알고 싶은 심정은 알겠다만

친구도 적도, 승자도 패자도

모두 닥치는 대로 해치우겠다는 게

너의 복수란 말이냐?

레어티즈 목표는 아버지의 원수뿐이다.

왕 그럼, 그게 누군지 알고 싶은가?

레어티즈 아버지의 친구에 대해선 이렇게 양팔을 벌려 맞이하겠소.
제 피를 뽑아 새끼를 기른다는 펠리컨처럼
나도 내 피를 짜내어 주며 보답하겠소.

왕 이제야말로 진정한 효자답고 귀족다운 말을 하는구나.
나는 너의 부친의 죽음과는 무관할 뿐 아니라
그의 죽음을 가장 뼈아프게 느끼고 있다.
이는 네 눈에 비친 대낮처럼 분명하게 보일 것이다.
(밖에서 들리는 목소리) 그녀를 들여보내라.

레어티즈 무슨 일이냐, 무슨 소리야?

(오필리어 재등장)

오, 격분이여. 내 뇌를 바싹 태워라.
눈물이여 일곱 배로 짜게 변해 이 눈을 태워 다오.
하늘에 맹세코
너의 실성에 대한 복수를 몇 배로 갚아 주겠다.
오, 오월의 장미, 내 소중하고 귀여운 누이. 어여쁜 오필리어!
하늘이시어, 젊은 처녀의 영혼이 늙은이의 목숨처럼
이리 시들어 버리는 것이 가능하단 말입니까?
인간의 사랑은 미묘한지라

세상을 떠난 자를 그리는 나머지
자신의 가장 귀중한 것을 바치고 그분을 좇는구나.

오필리어 (노래한다) 내 님은 얼굴도 채 가리지 못하고
관에 실려 갔네.
헤이 논 노니노니 헤이 노니
님의 무덤에 비처럼 쏟아진 눈물
안녕, 소중한 내 님.

레어티즈 네가 멀쩡한 정신으로 복수를 부탁한다 한들
이처럼 나의 마음을 움직이지는 못했을 거다.

오필리어 노래를 불러요. '아— 아래에, 아— 아래에'
그를 두고 '아— 아래에— 아'라고 부르세요.
후렴이 잘 들어맞는 노래야.
주인집 딸을 훔친 건 나쁜 청지기에요.

레어티즈 이 공허한 말이 더욱 뼈아프게 느껴지니.

오필리어 이 로즈마리 꽃은 기억에 좋아요.
님이여, 제발 나를 잊지 말아요.
여기 이 팬지 꽃은 생각에 좋아요.

레어티즈 실성한 말에도 교훈이 있어.
기억과 생각은 꼭 맞는 말이야.

오필리어 이 회향초과 메발톱꽃은 당신에게 드릴게요.
운향초은 당신 것, 이건 내 것.

이 꽃은 안식일의 은혜초라고 해요.
오, 당신이 건 운향초은 다른 뜻이 있지요.[16)]
들국화도 있어요. 오랑캐꽃도 드릴게요.
그렇지만 아버지가 돌아가시자 다 시들어 버렸어.
아버지는 훌륭히 돌아가셨대요,—
(노래한다) 사랑스럽고 예쁜 새 로빈은 나의 기쁨.

레어티즈 슬픔과 번민, 지옥 같은 고통마저 동생은 기쁘고 아름다운 것으로 만들어 내는구나.

오필리어 (노래한다) 님은 다시 안 오실까?
이젠 다시 안 오실까?
아냐, 아냐, 님은 가셨네.
너도 죽을 자리로 가거라.
그분은 영영 안 오시니.

님의 수염은 눈처럼 희고
머리는 모시처럼 희네.
님은 갔네, 님은 갔어.
한탄을 해도 소용이 없지.

---

16) 로즈마리와 팬지는 연인에게 주는 꽃으로, 오필리어는 레어티즈를 연인으로 착각하고 있는 것으로 보인다. 회향초는 아첨을, 메발톱꽃은 부정한 기혼자를 의미한다. 오필리어는 이 꽃들을 왕인 클로디어스에게 건네주는데, 이는 회환과 슬픔을 의미하는 것이다.

신이여, 그분에게 자비를.

그리고 모든 기독교인 여러분들의 영혼에도. 안녕히 계세요.

(퇴장)

레어티즈 저 모습을 다 보셨죠?

왕 레어티즈, 너의 슬픔을 같이 나누어 갖겠다.

거부하지 말거라.

물러나서 네가 옳다고 생각하는 사람들을 청해

네 말과 나의 말을 듣게 하자.

직접이건 간접이건

이번 일에 내가 관여한 사실이 드러나면

이 왕국과 왕관, 나의 생명 그리고 내 모든 것을

아낌없이 네게 주마.

그러나 그렇지 않으면 진정하고 내 말을 들어다오.

나도 네 복수를 돕기 위해 힘을 모아 주겠다.

레어티즈 그렇게 하겠습니다.

아버님이 어떻게 돌아가셨는지,

어째서 은밀하게 장례를 치렀는지

비석도, 검도, 문장도 없이 장엄한 의식도,

격식에 맞는 예식도 없었다 하니

망자가 땅에 대고 절규하는 소리가 생생합니다.

이 진상은 꼭 밝히고 말겠습니다.

왕 그렇게 해야지.

죄가 있는 곳에 단죄의 도끼를 내리치도록 하라.

자, 함께 가자.

(퇴장)

제6장

성안의 다른 방

(호레이쇼와 하인 등장)

호레이쇼 나에게 얘기하고 싶다는 자가 누구냐?

하인 선원들입니다. 편지를 가져왔답니다.

호레이쇼 들어오라고 해라.

(하인 퇴장)

햄릿 왕자님이 아니라면,
이 세상 어디에서 내게 편지가 오겠는가?

(선원들 등장)

선원1 안녕하십니까?

호레이쇼 잘들 왔네.

선원1 나리. 여기 편지를 가져왔습니다. 햄릿 왕자님께서 호레이쇼 나리께 건네주라고 영국에 가던 사절에게 맡긴 편지입죠. 나리의 성함이 호레이쇼인 걸로 알고 있습니다만.

호레이쇼 (편지를 읽는다) "호레이쇼, 이 편지를 읽고 난 다음이 친구들을 왕 앞에 안내해 주게.

이 친구들은 왕에게 보내는 편지를 가지고 있으니.

출항해서 이틀이 채 되기 전에 무장한 해적선이 우리를 추격했었다네.

우리 배가 느려 어쩔 수 없이 용기를 내 그들과 싸웠네.

그러던 중 나는 해적선에 옮겨 탔는데,

그때 우리의 배가 멀어져

나 홀로 포로가 됐다네.

해적들은 의협심을 발휘해 나를 예우해 주었는데

나를 이용해 덕을 보려는 요량이지.

내가 보낸 편지를 국왕에게 전해 주게.

그리고 자네는 날아오듯 곧 나한테 와 주게.

은밀히 할 얘기가 있는데 들어보면 기가 막힐 거야.

말로는 할 수 없는 중대사네.

이 친구들이 내가 있는 곳으로 자네를 안내할 걸세.

로젠크란츠와 길든스턴은 영국을 향해 항해 중이지만
그 친구들에 대해서도 할 말이 많네.
잘 있게. 자네의 친구. 햄릿으로부터."
자, 자네들이 가져온 편지의 임자를 찾도록 해 주겠네.
될 수 있는 대로 빨리
이 편지를 보낸 분께로 나를 안내하게.

(퇴장)

제7장

성안의 다른 방

(왕과 레어티즈 등장)

왕 이제는 자네도 진심으로 결백함을 확인했으니
나를 자네 마음의 친구로 대해 주게.
자네는 총명하니 잘 알겠지만, 자네의 선친을 살해한 자가
내 목숨도 노리고 있다는 걸 알았을 게야.

레어티즈 분명히 알겠습니다. 그러나 제가 알고 싶은 것은
어째서 그처럼 흉악하고 극형에 처해야 마땅할 행위에 대해
어떤 조치도 취하지 않으셨는가 하는 겁니다.
폐하의 안전과 권위, 식견, 그 모든 것으로 보아
강력하게 대처하셨어야 했을 텐데요.

왕 아, 두 가지의 특별한 이유 때문이네.
자네에게는 아닐지 모르겠지만 나로서는 중대한 일이야.
그 애의 어머니인 왕비는
자식의 얼굴을 보는 낙으로 산다네.
내게는 이것이 미덕인지 화근인지는 몰라도
왕비는 나의 생명과 영혼과 일체가 되었으니,
별이 그 궤도에서 벗어날 수 없듯
나도 왕비가 없이는 살지 못하네.
또 한 가지 이유,
어째서인지 그놈은 대중으로부터
굉장한 사랑을 받고 있단 말이야.
그놈의 어떤 결점도 대중의 애정 속에서
흡사 나무토막을 돌로 바꿔 놓는 샘물처럼
그의 발에 족쇄를 채우면 오히려 영예의 상징인 양
떠들어 댈 게야.
이 판국에 가벼운 화살을 쏘아 봐야 그 거친 바람에 휘몰려
오히려 내 쪽을 향해 되돌아 날아올 것이 분명하네.

레어티즈 그래서 저는 아버지를 잃었고
누이동생은 실성해 버렸습니다.
이제 칭찬해 봐야 소용이 없지만 누이동생은
시대를 막론하고 나무랄 데 없는 완벽한 여성이었지요.

내 꼭 이 복수를 하고야 말겁니다.

왕 그 때문에 잠을 설치지는 말게.
나도 위험이 다가와 내 수염을 쥐어뜯는 데도 그것을
장난으로 받을 정도로 유야무야하는 성격은 아니야.
차차 자세한 얘기를 해 주지.
나는 네 부친을 총애했고 내 자신도 아끼는 바이니
이만하면 너도 상상이 가겠지만—

(전령 등장)

무엇이냐? 무슨 소식이야?

전령 햄릿 왕자님의 편지입니다.
이것은 폐하 앞으로 온 것이고
이것은 왕비님 앞으로 온 것입니다.

왕 햄릿으로부터라니? 누가 가져왔느냐?

전령 듣자니 선원들이라는데
소신은 아직 만나지 못했습니다.
클라우디오로부터 편지를 받았는데,
그가 이 편지를 가져온 자로부터 받았다고 합니다.

왕 레어티즈, 읽을 테니 들어보게. 물러가라.

(전령 퇴장)

"폐하, 소신 맨몸으로 왕국에 상륙했습니다.
내일 폐하를 직접 알현하고자 합니다.
허락해 주신다면 급작스럽고 이상한 저의 귀국에 대해
말씀 올리겠습니다. 햄릿."

이게 무슨 일인가?
나머지 일행들도 다 돌아왔는가?
그렇지 않으면 무슨 속임수인가?

레어티즈 필적을 알아보시겠습니까?

왕 햄릿의 글씨네. 맨몸이라고!
추신에는 '혼자서'라고 적혀 있네.
짐작이 가나?

레어티즈 저도 뭐가 뭔지 모르겠습니다.
그렇지만 올 테면 오라죠.
그놈의 얼굴에 "네놈을 죽여 버릴 테다!"라고
소리 지를 생각을 하니
이 마음속 원한이 다 누그러지는 듯합니다.

왕 그렇다면 말이야, 레어티즈— 어떻게 돌아올 수 있지?
그럴 리가 없는데— 자네는 내가 하라는 대로 하겠는가?

레어티즈 네, 폐하. 마음을 평온히 먹으란 말씀만 하지 않으신다면요.

왕 자네 원대로 마음을 평온히 해 주려는 거네.

만일 그놈이 항해를 중단하고 돌아온 데다 다시 떠나길 거부한다면 내게도 방법이 있다.

이건 아주 빈틈없는 계략이니

그놈은 꼼짝없이 걸려들 테고 쓰러질 수밖에 없을 게야.

그놈의 죽음에 대해선 비난의 소리가 추호도 없을 것이며,

심지어는 그놈의 어미도 의심치 않고 사고라고 생각할 거다.

레어티즈 폐하, 분부대로 하겠습니다.

계략을 세우시면 제가 그 도구가 되겠습니다.

왕 좋다. 자네가 외지에 있는 동안

자네의 그 특출한 재주에 대한 평판은 대단했다네.

햄릿도 너에 대한 말을 들었겠지.

네 다른 재주를 다 합친 것보다도

특히 한 가지 재주에

햄릿은 시기하고 있다네.

그 재주란 너에겐 별것이 아니겠지만.

레어티즈 무슨 재주 말씀입니까, 폐하?

왕 젊은이의 모자를 장식하는 리본 정도지만

필요한 재주이기는 하지.

젊은이에게 가볍고 아무렇게나 걸치는 옷이 어울리듯이

늙은이에게는 검은 수달피 코트가

그의 번영과 품위에도 알맞은 법.
두 달 전에 노르망디 출신의 신사가 한 분 왔다네.
나 또한 많은 프랑스인을 만났고 전투도 해 봤는데,
그들은 승마에 능하지.
그렇지만 이 신사는 승마에 있어서는
마술 같은 솜씨를 지녔더군.
말안장에 뿌리박듯 앉아 말을 모는데
흡사 사람과 짐승이 한 몸이 되어
그의 몸의 절반은 말로 변한 듯이 보였다네.
그의 연기는 내 상상을 넘어서 보지 않고서는 나로서
믿을 수 없을 정도였다네.

레어티즈 노르망디 사람이었습니까?

왕 그렇네.

레어티즈 분명 라모르일 겁니다.

왕 그 사람이야.

레어티즈 그 사람을 잘 알고 있습니다.
과연 그는 프랑스의 보배입니다.

왕 그가 자넬 안다고 말하더군.
특히 자네의 검술이 이론과 실제에 통달해
특히 세검을 쓰는 데는 명수라 너의 상대가 나타난다면
그거야말로 구경거리가 될 거라 했네.

자기 나라의 검객들은 동작, 방어 자세, 안색 등에 있어
너와 대항할 만한 자가 없다는 거야.
이 얘기를 듣자 햄릿은 시기에 불타
네가 빨리 돌아와 한판 겨루기를
애타게 기다리고 있었다네.
그러니 말이다.

레어티즈 그래서요, 폐하?

왕 레어티즈, 그대는 진정으로 부친을 사랑했는가?
그렇지 않으면 슬픔을 묘사한 그림처럼
겉치레로 슬픈 얼굴을 한 것인가?

레어티즈 왜 그런 말씀을 하십니까?

왕 그대가 부친을 사랑하지 않았다고는 생각지 않네.
그러나 사랑에도 때가 있어, 내 경험으로는
그 시간이라는 것이 사랑의 불꽃과 불길을 좌우하네.
사랑의 불이 타는 중에도 심지 찌꺼기 같은 것이
불길을 약하게 하지.
그 어느 것도 좋은 상태로 지속될 수는 없는 법.
좋은 일도 지나치면 그 과도함 때문에 죽기 쉽거든.
그러니 우리가 하고 싶은 일은 생각이 들 때 해치워야 해.
세상에는 방해되는 일도, 손도, 사건도 많으니
해야겠다는 생각은 사그라지고 약해지고 지체되어

결국 해야 한다는 생각도 부질없는 탄식처럼
일시 위안은 되겠지만 몸을 상하게 한다네.
그럼 문제의 핵심을 말하자면, 햄릿이 돌아왔네.
자기 부친의 자식임을 말이 아니라 행동으로 나타내기 위해
자네는 무슨 일을 하겠나?

레어티즈 놈의 목을 베겠습니다. 교회 안일지라도.

왕 어떤 장소도 그런 살인자를 보호할 수는 없을 거다.
복수에 무슨 장소의 제한이 있겠는가?
그렇지만 레어티즈,
복수를 하고 싶거든 집 안에 꼭 붙어 있거라.
햄릿이 돌아오면 자네가 귀국했음을 알려 주마.
너의 재주를 칭찬하는 자들을 부채질하고
그 프랑스인이 네게 준 명성에 더해 너를 빛나게 해 주겠다.
결국 너희 둘을 시합에 끌고 가 승부를 내게 하마.
햄릿은 조심성이 없고 관대해
술책이란 꿈도 꾸지 못할 테니
시합용 칼을 점검하지도 않을 게다.
그러니 쉽사리 또는 슬쩍 농간을 부려
날이 무디지 않은 칼을 잡아 시합 중에 일격을 가해
부친의 원수를 갚도록 해라.

레어티즈 하겠습니다. 복수를 위해

칼끝에 독약을 칠하겠습니다.
실은 돌팔이 의사한테 독약을 조금 샀는데
치명적인 맹독이라 칼로 스쳐 피 흘리게 하면
달밤에 채취한 약초의 기묘한 성분으로 만든 약으로도
목숨을 구할 수 없는 약입니다. 이 독약을 칼끝에 발라
그놈의 살갗을 살짝 스치기만 해도
죽어 버리게 만들겠습니다.

왕 그 일에 대해서는 좀 더 생각해 보세.
언제 그리고 어떤 방법을 써서 실행할지 심사숙고하세.
만에 하나라도 실패하거나 수가 서툴게 탄로 날 바에야
손을 대지 않는 편이 낫지.
또 이 계획이 실패할 경우에 대비해
다음 수단을 강구해야 한다. 잠깐, 어디 보자.
두 사람에게 공정하게 내기를 걸지.
그렇지. 시합을 하다 보면
몸이 달아오르고 목이 마를 것이니,
그렇게 되겠군. 맹렬하게 놈을 다그치게.
그럼 그놈이 물을 청할 테고
내가 미리 준비한 물 잔을 주겠다.
한 모금만 마시면 너의 독을 칠한 칼은 면할지라도
우리 뜻대로 되는 거야. 그런데, 무슨 소란이지?

(왕비 등장)

무슨 일이요?

왕비 재앙이 꼬리를 물고 다급하게 몰려드니, 레어티즈.

너의 누이동생이 익사했다.

레어티즈 익사라니, 아, 어디서요?

왕비 개울가에 비스듬히 서서 서리처럼 흰 잎이

거울 같은 수면에 비치는 버드나무가 있는 곳에서.

오필리어는 미나리아재비 쐐기풀, 들국화

그리고 자줏빛 난초로 엮어 만든

희한한 화환을 들고 거기에 나타났다는 거야.

버릇없는 목동들은 상스러운 이름으로 부르지만

정숙한 처녀들은

죽은 사람의 손가락이라고 부르는 꽃도 엮어 만들었단다.

그 화환을 늘어진 버들가지에 걸려고 나무에 올라가던 중에

심술궂은 나뭇가지가 꺾여 화환과 함께 오필리어는

흐느끼는 강물 속에 떨어졌다네.

옷자락은 수면 위에 활짝 퍼져

그 힘으로 잠시 인어처럼 떠 있었는데 그동안 그 애는

옛날 찬송가의 구절구절을 노래했다 하네.

마치 자기의 불행을 모르는 사람처럼.

또는 물에서 태어나 물에 익숙한 생물처럼.
그렇지만 그것도 오래 가지 않고,
옷자락이 물을 머금어 무거워지자
가엾은 그 애의 노래는 물밑 진흙 속으로 빨려 들어갔단다.

레어티즈 가엾게도, 그래서 익사했나요?

왕비 익사라네, 익사했어.

레어티즈 불쌍한 오필리어.
이제 물은 충분할 테니 내 눈물은 흘리지 않겠다.
그러나 인간의 천성은 어찌할 수 없구나.
세상은 비웃을지 모르겠지만
울고 나면 여자 같은 이 마음도 사라지겠지.
물러가겠습니다, 폐하.
불길처럼 마음속의 말을 쏟아 놓고 싶지만
바보 같은 눈물이 삼켜 버리는군요.

(레어티즈 퇴장)

왕 뒤따라갑시다. 거트루드.
저 사람의 격분을 진정시키느라 얼마나 애를 썼는데
이 일 때문에 격분이 재발할까 두렵구려.
그러니 따라가 봅시다.

(모두 퇴장)

제 5 막

제1장

묘지

(두 명의 광대가 등장. 첫 번째 광대가 삽과 곡괭이를 들고 있다)

광대 1 자기가 좋아서 세상을 하직한 여자를
기독교 예식으로 매장한다고?

광대 2 그렇다는구먼. 그러니 무덤 구멍이나 파.
검시관이 조사하고 기독교식 장례를 한다 했으니까.

광대 1 어떻게 그럴 수 있어.
정당방위로 물에 빠져 죽은 것도 아닌데 말이야.

광대 2 그렇게 됐다니까 그래.

광대 1 정당 공격일거여, 틀림없어. 문제는 이런 거야.
내가 알고도 물에 빠졌다고 하자. 이건 하나의 행위야.

근데 이 행위라는 건 세 가지로 나눌 수 있다고.
즉, 한다, 행한다, 해치운다, 이거야.
고로 그 여자는 알면서도 빠져 죽었어.

광대 2 아니 그렇지만, 이 묘지기야—

광대 1 내 말 좀 들어보라고. 여기 물이 있다고 치자. 좋아,
여긴 사람이 서 있어. 좋아, 이 사람이 물속에 몸을 던지면
좋건 싫건 자가가 좋아서 한 짓이야. 그렇지.
그렇지만 이 물이 이 사람 쪽으로 다가와 빠지게 했다면,
이건 그 사람이 몸을 던진 게 아니야.
그럴 때만 그 사람은
자기 목숨을 끊은 데에 무죄라 할 수 있는 거야.

광대 2 그게 법이야?

광대 1 법이지. 검시관의 법이야.

광대 2 내 사실을 말해 줄까?
이 여자가 귀족 딸이 아니었으면
이런 기독교식 장례는 어림도 없어.

광대 1 그것 참 맞는 말이야. 그게 딱한 일인데
높으신 분들은 물에 빠져도 목을 매달아도 상놈보다는
편리하단 말씀이야. 자, 내 삽이나 주라고.
유서 깊은 양반들도 따져 보면 조상들은 정원사,
도랑파기, 무덤 파기라니까.

아담이 하던 일을 계속하는 거라고. (땅을 판다)

광대 2 그 아담도 귀족이야?

광대 1 최초로 수족을 거느린 어른이지.

광대 2 웬걸, 빈털터리였다던데.

광대 1 뭐여, 너 이교도 아니냐? 성경도 제대로 못 읽었냐?
성경 말씀에 말이야. 아담을 땅을 팠다 이거여.
근데 연장도 없이 어떻게 파겠나?
또 한 가지 물어보지. 대답을 못하겠으면 "나 무식해요" 하고 자백하시고.

광대 2 집어치워.

광대 1 석공이나 조선공 또는 목공보다
더 튼튼한 걸 만드는 게 누구겠나?

광대 2 교수대 만드는 사람. 그건 천 명이 써도 끄떡없거든.

광대 1 그 기지 마음에 드는데. 교수대는 좋은 대답이여.
왜냐, 나쁜 짓 하는 놈들에게 잘해 주니까.
그런데 교수대가 교회보다 튼튼하다고 하는 건 나쁜 거여.
고로 자넨 교수형 감일지도 몰라. 자, 다시 대답해 보라고.

광대 2 석공이나 조선공 또는 목공보다
더 튼튼한 걸 만드는 게 누구냐고?

광대 1 그래, 맞히고 쉬라고.

광대 2 아, 알았다.

광대 1 말해 봐.

광대 2 아이고, 모르겠는데.

(햄릿과 호레이쇼 멀리서 등장)

광대 1 더 이상 빈 머리 짜내지 말라고.

너 같이 느린 말을 때려 봐야 빨리 뛰겠냐고.

누가 다시 묻거든 '무덤 파기꾼'이라고 해.

무덤꾼이 만든 집은 최후의 심판 날까지 가니까 말이다.

자, 요한 네 집에 가서 술이나 한 병 받아 오라고.

(광대 2 퇴장. 광대 1 무덤을 파며 노래한다)

(노래) 젊었을 땐 사랑했네, 사랑을 했네.

사랑은 달콤하다 생각했는데

시간을 온통 사아-랑에만 오— 쏟았지

오, 그런데 아무것도 남지 않더라.

햄릿 저 친구 자기 하는 일에 아무것도 느끼질 않나,

무덤을 파면서 노래를 부르다니.

호레이쇼 습관이 되어 자신의 일에 무심해졌나 봅니다.

햄릿 과연, 그럴 거야.

쓰지 않는 손의 감각이 더 예민한 법이니.

광대 1 (노래) 나이란 놈이 도둑 발로 슬며시 다가와

억세게 이 몸을 움켜쥐어
마치 옛 시절이 없었던 것처럼
나를 땅속에 내던졌네. (해골을 던진다)

햄릿 저 해골에도 혀가 있었고, 한 때는 노래도 했을 텐데.
저 친구 해골을 마구 내던지는군.
마치 인류 최초의 살인을 한
카인의 턱뼈라도 되는 것처럼.
지금은 저 광대한테 마구 당하지만
저건 어떤 정치가의 머리였었는지도 몰라.
하나님마저 속이려 든 작자 말이네. 안 그런가?

호레이쇼 그럴지도 모르죠, 왕자님.

햄릿 입만 열면
"안녕하십니까, 각하? 별일이 없으십니까, 각하?" 하던
궁중 귀족의 것인지도 모르고.
아니면 아무개 귀족의 말이 탐나 달라는 뜻으로
그 말을 칭찬하던 아무개 귀족의 것일지 모르고.

호레이쇼 네, 왕자님.

햄릿 분명 그럴 거야. 그런데 이제는 턱뼈는 빠지고
구더기 마나님 밥이 되어
무덤 파기꾼의 삽에 얻어맞고 있으니.
우리들이 보는 눈이 있다면,

여기서 세상의 이치를 보겠구먼.
저 뼈들을 키우기 위해 들인 수고가
내던져지기 위해서밖에 더 있나?
생각하면 내 뼈가 쑤셔 오네.

광대 1 (노래) 곡괭이 하나에 삽 한 자루, 삽 한 자루
수의도 한 장 필요하고
오, 땅속에 움막 파서
손님을 맞기엔 안성맞춤. (해골을 또 하나 내던진다)

햄릿 저기 또 나오는군.
저런, 저건 어떤 법관의 것일지도 모르지 않나?
그 고상한 궤변과 사건과 그 소유권 주장과 그 모략은 어디로 갔단 말인가?
지금 저 무식한 놈한테 더러운 삽으로 골통을 얻어맞고도
왜 폭행죄로 고소를 못할까?
흠! 이 친구는 생전엔 땅도 많이 사들였을 거야.
담보 증명, 차용 증서, 이전 증서, 이중 증인, 양도 확인,
온갖 수단을 써서 말이야. 담보물로 가득하던 골통을
이제 흙이라는 담보물로 가득 채우고 있으니.
이게 그의 담보물 중 최고의 담보물이며,
양도 확인 중 마지막 양도 확인인가?
증인 소환으로 보증된 토지구매가 이중증인에도 불구하고

가로세로 계약서 한 장 크기밖에 안 된단 말인가?
저 무덤에는 자기 땅의 땅문서도 다 못 들어갈 판이니,
매입자는 더 소유해서는 안 된다, 그건가?

호레이쇼 그것뿐이겠죠, 왕자님.

햄릿 계약 증서란 양가죽으로 만드는 게 아닌가?

호레이쇼 네, 그렇습니다. 송아지 가죽으로도 만들죠.

햄릿 그런 증서에서 소유권을 찾으려는 자들은
양이나 송아지 같은 놈들이야.
저 친구한테 말이나 걸어 보자.
여봐라, 이게 누구의 무덤이냐.

광대 1 제 것입니다, 나리.
(노래한다) 오, 땅속에 움막 파서
손님 맞기엔 안성맞춤.

햄릿 네 무덤임에 틀림없구나,
그 속에 들어가 있는 것을 보니.

광대 1 나리는 밖에 계시니 나리 것은 아니죠.
저는 이 속에 누워 있지는 않지만, 그래도 역시 제 무덤이죠.

햄릿 그 안에 있고 제 무덤이라니
자넨 그 안에 누워 있는 거야.
그러나 이 무덤은 산 사람 것이 아니고 죽은 사람의 것이니
자네 말은 거짓말이네.

광대 1 그건 살아 있는 거짓말이죠. 나리.
다음 말을 이어받으시죠.

햄릿 어떤 사내의 무덤을 파는가?

광대 1 사내가 아닙니다, 나리.

햄릿 그럼 여자인가?

광대 1 여자도 아니죠.

햄릿 그럼 누가 매장되는가?

광대 1 한때는 여자였는데, 애석하게도 이젠 죽었습죠.

햄릿 아주 까다로운 놈이군. 말을 정확하게 해야지
애매하게 했다가는 본전도 못 찾을걸.
정말이지, 호레이쇼,
요 수삼 년간 주의해서 지켜보았는데
세상이 어찌나 변했는지
농사꾼의 발가락이 귀족의 발뒤꿈치까지
바싹 따라왔다니까.
무덤 파기는 언제부터 했는가?

광대 1 일 년의 수많은 날 중에서 돌아가신 햄릿 대왕이
포틴브라스를 정복했던 날부텁니다.

햄릿 그럼 몇 년짼가?

광대 1 그걸 모르십니까? 바보들도 아는데.
햄릿 왕자가 태어난 바로 그날이죠.

지금은 미쳐서 영국으로 추방됐다죠.

햄릿 그렇군. 왜 영국으로 추방됐지?

광대 1 그야, 미쳤으니까요. 거기 가면 제정신이 든다나요.

설사 병이 낫지 않아도 거기서야 무슨 문제가 되겠습니까?

햄릿 어째서인가?

광대 1 거기서야 사람의 눈에 띄지 않을 테니까요.

거기 사람들은 다 미쳤거든요.

햄릿 왕자가 왜 미치게 되었나?

광대 1 사람들 말이 참 묘하게 미쳤다 합디다.

햄릿 어떻게 묘해?

광대 1 그거야 정신을 잃어버렸으니까요.

햄릿 정신을 어디다 두고?

광대 1 글쎄, 여기 이 덴마크에요.

전 이곳에서 교회지기로 다 합쳐 삼십 년 동안

무덤을 파고 있습죠.

햄릿 흙 속에서 사람이 썩는 데 얼마나 걸리는가?

광대 1 그거야 죽기 전에 썩지만 않으면—요새는 매독으로 죽는 놈들이 많아 파묻기 전에도 썩어 있습죠—한 팔구 년쯤 걸리죠.

가죽을 만지는 피혁공은 구 년이 걸릴 겁니다.

햄릿 그는 왜 오래 걸리지?

광대 1 무두질을 하도 해 살가죽이 반질반질하니

물을 막아 내니까요.

물이라는 게 시체를 썩게 하거든요.

이 해골 좀 보세요.

이건 이십 년하고도 삼 년 더 땅속에 있었던 겁니다.

햄릿 누구의 것인가?

광대 1 형편없이 미친놈이죠. 누구일 것 같습니까?

햄릿 글쎄, 모르겠는걸.

광대 1 미친 놈, 잘 뒈졌지.

이놈이 한 번은 제 머리에 포도주 한 병을 몽땅 부었습죠.

이 해골바가지는 나리,

바로 요릭이라는 임금님의 광대 겁니다.

햄릿 이게?

광대 1 그렇다니까요

햄릿 어디 보자.

(해골을 든다) 불쌍한 요릭.

내 이 사람을 아네. 호레이쇼.

기상천외하고 기막힌 재담꾼이었지.

그가 수천 번이나 그의 등에 나를 업었는데,

지금은 생각하니 소름이 끼치네! 구역질이 나.

여기에 내가 수없이 키스한 입술이 매달려 있었겠지.

늘 식탁을 떠들썩하게 하던 그 익살, 야유, 노래,
그 신명나는 여흥은 다 어디로 갔지? 전처럼
이빨을 드러내고 비꼴 이가 아무도 없나.
말 그대로 턱이 떨어져 나갔나?
마님 방에 가서 이렇게 고하라고.
"아무리 화장을 두껍게 해 봤자 이 꼴이 됩니다"라고.
마님들을 웃겨 보라고.[17)]
부탁이야, 호레이쇼, 하나만 말해 주게.

호레이쇼 무엇입니까, 왕자님?

햄릿 알렉산더 대왕도 흙속에서 이런 꼴이 되었을까?

호레이쇼 물론이지요.

햄릿 이렇게 썩은 냄새도 나고? 퉤! (해골을 놓는다)

호레이쇼 그렇겠죠.

햄릿 사람이 죽어 흙이 되면
얼마나 천한 쓰임새로 돌아가는가?

---

17) 이 장면에서 햄릿은 자신이 어릴 때 잘 알고 있었던 인물의 죽음과 그 구체적인 증거(해골)를 손에 들고 인류 보편의 문제, 죽음에 대해 사색하고 있다. 그가 어릴 적 수천 번이고 어깨에 매달리고 키스를 했던 광대 요릭은 죽어 해골로 손안에 들려 있다. 이때 죽음은 저 멀리 떨어진 추상적인 존재가 아니라 가까이 서 있는 일상적이고 친근한 것이 된다. 햄릿은 무덤을 파는 광대와의 대화 속에 등장하는 '요릭의 죽음'을 통해 자신이 맞이할 죽음을 사실로 받아들이고 죽음이 주는 두려움에서 벗어나게 된다. "죽을 것이냐, 살 것이냐"를 두고 고민했던 햄릿은 사실 숙부 클로디어스를 죽이고 난 후 어떻게 살아 남을 것인지, 생존할 것인지를 두고 고민했다면, 이제 요릭의 해골을 들고 햄릿은, 어차피 죽을 목숨인 인간으로서의 자신을 받아들인다. 그는 복수 이후의 자신의 운명(죽음)을 예견한 것처럼 또는 죽기를 각오하고 클로디어스와 정면 대결을 펼칠 것을 결심하는 듯 보이며, 5막에서의 급격한 파국의 진행을 알린다.

알렉산더의 고귀한 유골이,
추적하면 결국 술통 마개가 된다고 상상할 수 있지 않을까?

호레이쇼 그건 좀 지나친 생각같이 느껴집니다.

햄릿 아니지, 아니야. 과장 없이 뒤를 밟아 보면
그럴 가능성도 있는 거라고. 알렉산더는 죽었다,
알렉산더는 매장된다, 알렉산더는 흙으로 돌아간다,
흙은 진흙이야, 진흙을 반죽한다.
그러니 알렉산더는 반죽이 되어
맥주 통 마개로 변한다고 생각할 수 있지 않은가?
황제 카이사르도 죽으면 진흙이 되어
바람을 막기 위해 구멍을 땜질하고
아, 세상을 풍미하던 그 흙도
겨울철 바람을 막으려 벽 구멍이나 때우다니.
허나, 잠깐. 잠깐. 조용히! 왕이 오는군.

(오필리어의 관을 멘 사람들을 따라 사제, 레어티즈, 왕, 왕비, 조신들 등장)

왕과 왕비에 귀족까지. 누구의 장례지? 이처럼 초라하게?
이건 죽은 자가 절망한 나머지 스스로 목숨을 끊은 것 같아.
상당히 높은 신분이었을 거야. 잠시 숨어서 살펴보세.

레어티즈 이외에 예식은 이것뿐이요?

햄릿 저건 레어티즈야, 훌륭한 청년이지. 잘 보게.

레어티즈 예식은 이것뿐이요?

사제 이 예식은 교회의 규칙이 허용하는 한

최선을 다한 겁니다.

사인이 의심스러워 국왕의 명령으로

관례를 굽혔기에 망정이지,

아니었다면 시체는 부정한 땅에 묻혀 최후의 심판

나팔 소리가 들릴 때까지 그대로 방치되었을 겁니다.

자비로운 기도 대신에

사금파리, 부싯돌, 자갈을 맞았을 운명이었소.

그렇지만 이번엔 특별히 처녀에 어울리는 화환을 바치고

꽃을 뿌려 조종까지 울려 주는 배려가 주어진 거요.

레어티즈 더 이상은 바랄 수 없다는 말이오?

사제 없습니다. 조용히 이 세상을 떠난 사람들처럼

엄숙한 진혼가를 부른다면 그건 장례 예배를

모독하는 겁니다.

레어티즈 묻도록 하시오.

이 아름답고 청순한 육체에서 오랑캐꽃이 피어날 거야.

이 매정한 사제야. 네놈이 지옥에서 아우성칠 때

내 누이는 저 하늘의 천사가 될 것이다.

햄릿 뭐라고, 아름다운 오필리어가!

왕비 (꽃을 뿌린다)

아름다운 사람에게 아름다운 꽃을.

잘 가거라. 네가 햄릿의 신부가 되길 바랐는데.

너의 신방을 장식하려던 꽃을 네 무덤에 뿌리게 되었으니.

레어티즈 아, 이 세 배의 고통이 열 배의 세 배가 되어,

너의 고귀한 이성을 흉악하게 앗아간

그 저주받을 햄릿이란 놈의 머리에 떨어져라.

잠깐, 흙을 거두어라. 한 번만 더 내 품에 안고 싶다.

(무덤 속에 뛰어든다) 자, 흙을 덮어

산 사람, 죽은 사람을 함께 묻어라.

평지가 산이 되도록 쌓아 올려 펠리온 산보다 더 높이,

하늘을 찌르는 저 푸른 올림포스 정상보다

더 높이 쌓아 올려라.

햄릿 (앞으로 나서며) 그렇게 요란을 피우며

슬퍼하는 자는 누구냐?

그 비탄에 찬 아우성으로 하늘의 별들이

그 소리에 혼란하고 놀라 정지하게 만드는 자가 누구냐?

난 덴마크의 왕, 햄릿이다. (무덤 속으로 뛰어든다)

레어티즈 이 지옥에 떨어질 놈아! (햄릿을 움켜쥔다)

햄릿 기도 치곤 좋지 않은데.

제발 내 목에서 손가락을 치우라고.
나는 화가 나 있지 않고 난폭하지도 않지만,
그러나 내게는 위험한 그 무언가가 있어 건드리면 터진다.
손을 놓으라니까.

왕 저 둘을 떼어 놓아라.

왕비 햄릿, 햄릿!

일동 자, 두 분.

호레이쇼 진정하십시오, 왕자님.

햄릿 아니, 난 이 일을 위해 저자와 싸우겠다.
내 눈에 흙이 들어갈 때까지.

왕비 오, 아들아, 이 일이란 뭐냐?

햄릿 저는 오필리어를 사랑했습니다.
수만 명의 오빠의 사랑을 다 합쳐도
저의 사랑엔 미치지 못할 겁니다.
너는 오필리어를 위해 무엇을 한다는 거야.

왕 왕자는 미쳤다, 레어티즈.

왕비 제발 참아 다오.

햄릿 빌어먹을, 무엇을 할지 보여라.
울 테냐, 싸울 테냐, 굶을 테냐, 네 몸을 찢을 테냐?
식초를 마시거나 악어를 먹을래? 그런 건 나도 하겠다.
훌쩍거리려고 여기에 왔냐?

나를 위협하려 동생 무덤 속에 뛰어 들어?
같이 생매장당하겠다고? 나도 하마.
네가 산이 어쩌고 하면 우리 위에 수억 톤의 흙을 덮자.
그 흙더미의 높이가 태양으로 그을릴 만큼 높고,
오사 산의 꼭대기가 사마귀처럼
보일 지경으로 높게 말이야.
그래, 네가 큰 소리 친다면 나도 짖어 대겠다.

왕비 이건 광기일 뿐이다. 잠시 저렇게
발작이 지속되다가 곧 암비둘기가
금빛 새끼 한 쌍을 깠을 때처럼
조용하게 침묵하며 가라앉을 거라네.

햄릿 내말 좀 듣게나.
나를 이렇게 대하는 이유가 뭔가?
나는 항상 너를 좋아했어. 그러나 이제 상관없다.
허큘리스가 제아무리 애를 써 봤자
고양이는 야옹하고 울 것이요,
개는 자기 좋은 일이나 할 테니까.

(햄릿 퇴장)

왕 부탁이다, 호레이쇼, 그를 돌봐 주거라.

(호레이쇼 퇴장)

(레어티즈에게) 어젯밤에 얘기 했듯이 침착해져라.

내 당장 그 일을 행동으로 밀고 나가야겠다.
거투르드, 당신 아들을 철저히 감시해야겠소.
이 무덤에는 영구히 남는 기념비가 세워질 것이다.
머지않아 평화스러운 때가 곧 찾아올 것이다.
그러나 그때까지는 신중히 일을 진행해야겠지.

(모두 퇴장)

제2장

성안

(햄릿과 호레이쇼 등장)

햄릿 이 일은 그쯤하고. 또 다른 일이 있네.
전후의 사정은 다 기억하고 있겠지?
호레이쇼 기억하고말고요, 왕자님.
햄릿 내 마음속에는 일종의 전쟁이 일어나고 있어.
잠을 이룰 수가 없었다네.
누워도 내가 반란을 일으키다
발목이 쇠사슬로 묶인 죄수 신세 같다는 생각뿐.
무모하게, 하기야 무모한 것도 경우에 따라 칭찬할 만해.
가끔 심사숙고한 계획이 실패할 땐

무모함이 도움이 되는 수가 있으니까 말이야.
고로 배우게 돼. 일은 인간이 벌였지만
마무리하는 것은 신의 뜻임을.

호레이쇼 분명 그렇습니다.

햄릿 선실에서 일어나, 선원 옷을 대충 걸치고
어둠 속을 더듬거리며 그걸 찾았네.
내 뜻이 이뤄져 그들의 꾸러미를 훔쳤어.
다시 내 방으로 돌아와
대담하게 예의도 잊은 채 그 왕의 서한을 뜯어보았네.
거기서 본건, 호레이쇼, 아, 왕의 흉계!
엄중한 지시더군,
덴마크 왕과 영국 왕의 안전을 위한다면서
이러저러한 변명을 잔뜩 나열하고, 나를 살려 두면
악마같이 나쁜 짓을 할 터이니 편지를 보는 즉시
도끼날을 갈 시간도 주지 말고
지체 없이 내 목을 치라는 말이었네.

호레이쇼 어떻게 그럴 수가?

햄릿 (서한을 건네주며) 여기 지령이 있으니
시간이 있을 때 읽어 보게.
이제 내가 어떻게 행동했는지 듣겠나?

호레이쇼 간청합니다.

햄릿 이렇게 악당들의 그물에 꼼짝없이 걸려들어
내가 각본을 짜기도 전에 그들이 벌써 연극을 시작했네.
나는 자리에 앉아서 새로운 국왕의 친서를 꾸며 냈지.
글씨도 깨끗이 써서.
한때는 나도 정치가들처럼 매끈한 필체를 속되다고 여기고
이미 배운 것을 잊으려 애를 쓴 적이 있었네만,
이제는 그게 굉장한 도움을 줬어.
내가 쓴 내용을 알고 싶겠지?

호레이쇼 물론입니다, 왕자님.

햄릿 덴마크 왕으로부터 간곡한 부탁이지.
영국은 충실한 속국이며 양국 간의 우정은
종려나무가 번성하듯 두터워지고
평화의 여신이 항상 풍요의 화환을 쓰고
양국을 맺어 주는 역할을 한다는 식의
격식을 갖춘 말들을 늘어놓고서는,
이 글을 읽는 즉시 지체하지 말고
이 글의 지참자들을 죽기 전 참회의 여유도 주지 말고
처형하라고 했네.

호레이쇼 국서의 봉인은 어떻게 하셨습니까?

햄릿 그것조차 신의 뜻이었지.
마침 덴마크 옥쇄의 원형인 아버지의 인장을

내 지갑 속에 갖고 있었거든.
난 그 서찰을 같은 형태로 접고 서명하고 도장을 찍어
몰래 감쪽같이 갖다 뒀지.
헌데 다음 날 해적들과의 싸움이 일어났고,
그 뒤의 일은 자네가 알고 있는 바와 같네.

호레이쇼 그러니 길든스턴과 로젠크란츠는 죽었겠군요.

햄릿 그거야, 그 친구들이 자청한 것이 아닌가?
내 양심에 거리낄 것이 없네.
그 친구들의 파멸은 그들이 초래한 결과니까 말이야.
하찮은 놈들이 두 거물이
주고받는 칼싸움에 끼어든다는 건 위험한 일이지.

호레이쇼 허, 이런 왕이 있을 수가?

햄릿 그러니 자네 생각에 내가 임무로써 선왕을 시해하고
어머니를 더럽혔으며, 당연히 왕위에 오를 나의 앞날을 막고
나의 목숨마저 노리고 온갖 속임수를 쓰는 이놈을 처리하는
것이 완전히 양심에 따른 행위가 아니냔 말이야.
게다가 이런 암적인 존재를 그대로 내버려 두어
못쓸 짓을 계속하게 한다는 것이야말로
저주받을 일이 아니겠나.

호레이쇼 영국에서 그쪽 일의 결과가 어떻게 되었는지
머지않아 알려 올 것입니다.

햄릿 곧 오겠지. 그러나 그 사이, 시간은 내 것이야.
인간의 삶이란 '하나'라고 말 하는 사이에 사라지는 것.
허나 이보게, 호레이쇼. 레어티즈에게
이성을 잃은 것은 내가 지나쳤네.
내 처지로 미뤄 보아 그 친구의 심정도 알 수 있으니,
내 용서를 구하겠어. 그가 지나치게 애통해하니까
내 감정도 격해진 거야.

호레이쇼 잠깐, 저기 누가 오는 것 같습니다.

(신하 오즈릭 등장)

오즈릭 왕자님의 귀국을 충심으로 환영합니다.

햄릿 참으로 고맙소. 자네, 이 똥파리를 아는가?

호레이쇼 모릅니다, 왕자님.

햄릿 모른다니 다행이군. 그를 안다는 자체가 죄악이야.
이 친구는 아주 비옥한 땅이 많아. 짐승 같은 놈들도
가축만 많이 갖고 있으면 자기 여물통을 궁중에 끌고 와서
왕과 같이 밥을 먹으려고 하거든.
까마귀같이 말만 많은 놈이 땅만은 널찍하게 가졌어.

오즈릭 왕자님, 시간이 괜찮으시다면
폐하의 분부를 전해 드릴까 해서.

햄릿 들어 봅시다. 정신을 곤두세워 듣겠소.
그 모자는 본래의 위치에 갖다 놓으시지요.
그건 머리에 쓰는 거니까.

오즈릭 황송합니다. 왕자님, 굉장히 더운데요.

햄릿 무슨 말씀을 굉장히 추운걸. 북풍이 불고 있잖소.

오즈릭 사실 상당히 추운 것 같습니다.

햄릿 헌데 내 체질엔 굉장히 뜨겁고 무더운걸.

오즈릭 네, 굉장히 무덥고 글쎄,
뭐라 표현해야 할지 모르겠습니다.
왕자님, 폐하께서는 왕자님께 굉장한 내기를 거셨으니
이 사실을 전해 드리라는 분부였습니다. 그 내용인즉—

햄릿 제발 잊지 말고. (햄릿은 그에게 모자를 쓰도록 손짓을 한다)

오즈릭 아니요, 실은 이것이 편합니다.
왕자님, 최근에 레어티즈가 궁정에 돌아 왔는데 참말이지
그는 완벽한 신사요, 기가 막힌 재주가 가득하고
대인 관계도 좋고 위풍도 당당합니다.
정말로 그분이야말로
신사도의 지침서에, 안내서라고 할 수 있지요.
신사로서의 소양을 한 몸에 전부 지니고 있으니 말입니다.

햄릿 잘도 명세서마냥 묘사하시니
그 친구는 손해를 볼 것이 없겠소.

그러나 그렇게 장점을 낱낱이 세분하니 기억하기 어렵겠어.
빠른 돛을 단 배도 그의 미덕을 열거하기는 부족할 거요.
사실대로 말해, 레어티즈는 대단한 인물이오.
그는 소중하고 보기 드문 자질을 가진 사람이라
진실하게 표현하면 그 사람과 비슷한 인물은
거울에서나 찾아 볼 수 있을 뿐,
그를 좇을 수 있는 사람은 그의 그림자뿐일 거야.

오즈릭 추호도 빈틈이 없는 옳은 말씀입니다, 왕자님.

햄릿 무슨 심사요? 어째서 그 신사를
그렇게 무례한 말로 추어올리는 거요?

오즈릭 네?

호레이쇼 좀 더 알기 쉬운 말로 하면 못 알아듣소?
쉬운 말이 나을 텐데.

햄릿 그 신사의 이름을 끄집어내는 저의가 뭐냔 말이오.

오즈릭 레어티즈 말씀입니까?

호레이쇼 (햄릿에게 방백) 저 양반의 말 주머니가 벌써 비었나 봅니다.
그 번드레한 말이 말라 버린 모양이지요.

햄릿 그렇소, 레어티즈 말이오.

오즈릭 이 일을 모르실 리 없다고 생각하지만,

햄릿 그렇게 생각해 주시오.

하기야 그렇게 생각해 준다고 해서

나에게 큰 칭찬은 못되겠지만,

그래서요?

오즈릭 레어티즈가 얼마나 훌륭한지 알고 계시잖습니까.

햄릿 그 사람을 어찌 감히 안다고 하겠소.

그 사람하고 우열을 가릴 생각은 없소이다.

내 자신도 모르는데 어찌 다른 사람을 알 수 있겠소.

오즈릭 신의 말씀은 왕자님, 그 사람의 검술 말입니다.

사람들 말로는 그 분야에 있어서는 그 명성이 대단해

비길 만한 사람이 없다고 합니다.

햄릿 그가 무슨 검을 다루는가?

오즈릭 세장검과 단검입니다.

햄릿 그 두 가지를 다루는구먼, 좋네. 그래서?

오즈릭 국왕 폐하께서는 바바리산 명마 여섯 필을 거셨고,

레어티즈는 프랑스제 세검과 단검 여섯 자루에

혁대와 검고리 등 부속품 일체를 걸었습니다.

특히 검가는 보기에도 오묘해

칼자루와 잘 어울리는 데다가

가장 우아하고 섬세하게 만든 걸작입니다.

햄릿 검가가 뭔가?

호레이쇼 (햄릿에게 방백) 주석이 붙지 않고선

저 사람의 말은 이해할 수가 없을 겁니다.

오즈릭 검가란 검을 거는 고리입니다.

햄릿 허리에 대포를 차고 다니면 몰라도 그 말 참 과하구먼.
그때까지는 그냥 칼 고리로 부르는 게 좋겠소.
어쨌든 바바리산 말 여섯 필에 프랑스제 검 여섯 자루,
그 부속품에 가장 우아한 칼 고리 셋이라,
이건 프랑스 대 덴마크의 전쟁이군.
왜 이런 내기를 하신다는 거요?

오즈릭 국왕 폐하께서는 왕자님과 레어티즈가
열두 회전 시합을 할 경우,
레어티즈 경이 왕자님을 석 점 이상
이기지 못할 것이라는 데 거셨습니다.
레어티즈 경은 자신이 아홉 점 이상 이기는 것에 거셨고요.
왕자님께서 도전을 받아 주신다면
시합은 당장 시작될 것입니다.

햄릿 내가 싫다고 대답하면?

오즈릭 제 말은 시합의 상대를 해 주십사 하는 겁니다.

햄릿 좋소. 그것이 폐하의 뜻이라면
난 여기 복도를 걷고 있을 테니 처분대로 하시라지.
지금이 마침 운동할 시간이니, 시합용 칼을 갖고 오시오.
상대방이 원하고 왕의 의향도 그렇다면

왕을 위해 될 수 있는 대로 이겨 보겠소.

이기지 못한다 해도 망신을 좀 당하고 얻어맞을 뿐이겠지.

오즈릭 그렇게 말씀을 전해도 괜찮겠습니까?

햄릿 뜻을 전하되 표현은 당신 뜻대로

마음대로 장식해도 좋소.

오즈릭 이만 실례하겠습니다.

햄릿 오히려 이쪽으로 부탁하네.

(오즈릭 퇴장)

자기가 자기를 칭찬할 친구야,

누구 하나 자기를 봐 주지 않으면 말이야.

호레이쇼 저 햇병아리는 알껍데기를 머리에

뒤집어쓴 채 뛰어다니는군요.

햄릿 저놈은 제 어미 젖을 빨기 전에

젖에 대고 절부터 할 친구야.

저자와 비슷한 놈들이 많아.

이 경박한 세상에서 세풍에 장단 맞추어

겉치레뿐인 사교술이나 배우고,

거품 같은 장광설로 비판을 잘도 피하지만,

저런 것들의 교양이란 훅 불면 거품처럼 날아갈 거야.

(신하 등장)

신하 왕자님, 폐하께서

왕자님이 복도에서 폐하를 기다리시겠다는 말씀을

오즈릭으로부터 보고 받으시고는,

왕자님께서 레어티즈 경과

지금 시합을 하실 의향이 있으신지,

아니면 잠시 연기하실 것인지

알아보라는 어명이십니다.

햄릿 나의 의향에는 변함이 없소. 폐하의 뜻대로 할 테니

왕께서 좋으시다면 나는 언제든지 준비가 되어 있으니

이 몸이 지금처럼 잘만 움직여 준다면,

지금이든 언제든 좋소.

신하 폐하와 왕비님 그 외 다른 분들께서

이리로 오고 계십니다.

햄릿 잘되었군.

신하 왕비께서는 시합을 하기 전에

왕자님께서 레어티즈 경께 화해의 말씀을 하라는

분부가 있으셨습니다.

햄릿 옳은 말씀이지.

(신하 퇴장)

호레이쇼 이번 내기에 지실 것 같습니다, 왕자님.

햄릿 나는 그렇게 생각지 않네.

레어티즈가 프랑스에 간 뒤로 꾸준히 연습을 해 왔으니.
시합에 이길 걸세.
그러나 자네는 모르겠지만 마음이 좀 심란하군.
허나 상관없어.

호레이쇼 안 됩니다, 왕자님.

햄릿 바보 같은 생각이야. 여자나 느낄 불안감이지.

호레이쇼 마음이 좋지 않으시면 그만두셔야 합니다.
제가 가서 일행의 행차를 막고
왕자님이 시합에 응하실 수 없다고 말씀 드리지요.

햄릿 그럴 필요 없네. 나는 예감이라는 걸 믿지 않으니까.
참새 한 마리가 떨어지는 데에도 신의 특별한 섭리이니,
죽음이란 지금 오면 앞으론 오지 않을 테고
지금 오지 않는다고 해도 언젠가는 올 것이야.
각오할 뿐이네.
이 세상에 죽을 때를 아는 이는 아무도 없는데
일찍 죽는 것이 대수인가?
순리를 따르세.

(왕, 햄릿, 레어티즈, 귀족들, 오즈릭과 시종들이 검을 갖고 등장)

왕 자, 햄릿, 와서 이 손을 잡아라. (레어티즈의 손을 햄릿 손에

쥐어 준다)

햄릿 용서하게. 내가 무례했어. 신사답게 용서해 주게.
여기 계시는 분들도 아시고 자네도 들었을 거야.
내가 심신 착란으로 얼마나 고통을 받았는가를.
내가 한 짓이 자네의 마음과 명예,
그리고 감정을 몹시 상하게 했을 줄은 알지만
그건 모두 내 광증 탓이네.
레어티즈에게 난폭한 짓을 한 것이 햄릿인가?
그건 절대 햄릿이 아니야.
햄릿이 미쳐 자기가 자기가 아닐 때
레어티즈를 괴롭혔다면
그건 햄릿이 한 짓이 아냐. 햄릿이 스스로 부정을 하네.
그럼 누가 한 짓인가? 그의 광기네.
광기가 불쌍한 햄릿의 적이라네.
그러니 여러분이 계신 앞에서 내가 저지른 잘못이
고의적으로 해를 끼치려 한 것이 아님을 밝히니
관대한 마음으로 받아 주게.
지붕 너머로 쏜 화살이
오히려 형제를 상하게 했다고 생각해 주게.

레어티즈 복수심에 불탄 것이 이 자리에 나온 동기이지만
말씀을 들으니 제 마음이 누그러졌습니다.

그러나 제 명예에 관한 한 양보할 수 없습니다.
명망 있는 어른들께서
화해를 해도 신의 이름이 더럽혀지지 않는다는
의견이나 선례를 말씀해 주시기 전에는 말입니다.
그러나 왕자님의 호의는 받아들이고
그 뜻을 욕되게 하지는 않겠습니다.

햄릿 그 말을 기꺼이 받아들이겠네.
그럼 형제간의 시합처럼 깨끗이 응하겠네. 자, 검을 주시오.

레어티즈 자, 이쪽에도 하나.

햄릿 나는 자네의 장식이 되지. 레어티즈.
미숙한 내 솜씨에 비해 자네의 기량은
밤하늘의 별처럼 빛날 테니.

레어티즈 놀리지 마십시오.

햄릿 아니, 진심이라네.

왕 오즈릭, 두 사람에게 검을 줘라.
햄릿, 내기에 관해 알고 있는가?

햄릿 잘 알고 있습니다, 폐하.
약한 쪽을 유리하게 해 주셨다고요.

왕 염려하는 건 아니다. 너희 두 사람의 솜씨는 잘 알고 있다.
다만 레어티즈 쪽이 좀 나았다기에 몇 점을 두었을 뿐이다.

레어티즈 이 검은 좀 무거운데, 다른 것을 봅시다.

햄릿 이게 좋구나. 이 검은 길이가 다 같은가?

오즈릭 네, 폐하.

(시합 준비를 하는 동안 포도주 병과 잔을 든 하인들이 등장)

왕 술잔을 저 탁자 위에 놓아라.
햄릿이 일회전 또는 이회전에서 득점을 하거나
삼회전에서 점수를 만회하면
성벽의 모든 대포를 발사해 축포를 터뜨리도록 해라.
국왕도 햄릿의 건투를 위해 축배를 들 것이요,
덴마크의 사 대를 걸친 왕의 왕관을 장식하던 것보다
더 귀중한 진주를 술잔에 넣겠다.
자, 술잔을 이리로.
그리고 북을 쳐서 나팔수에 알리고
나팔수는 성 밖의 포수에게 알려,
대포는 하늘에, 하늘은 대지에 전하도록 해라.
"이제 국왕은 햄릿을 위해 건배를 한다"라고.
자, 시작해라.

(나팔 소리가 들린다)

너희들 심판관도 눈을 똑바로 뜨고 살피어라.

햄릿 자 덤벼라.

레어티즈 먼저 덤비시지요.

(두 사람이 시합한다)

햄릿 일 점.

레어티즈 아니요.

햄릿 (오즈릭에게) 심판!

오즈릭 일 점, 분명히 일 점입니다.

레어티즈 자, 다시.

왕 잠깐, 술을 다오.

햄릿, 이 진주는 네 것이다.

너의 건강을 위해.

(나팔 소리와 포성이 들린다)

햄릿에게 이 잔을 전하라.

햄릿 먼저 경기부터 끝내겠습니다. 잔을 거기에 둬라.

자, (시합을 한다) 또 일 점. 어떤가?

레어티즈 스쳤어요. 스쳤어요. 인정합니다.

왕 우리 아들이 이길 것 같군.

왕비 땀이 나고 숨이 찬 모양이야.

자, 햄릿. 이 손수건으로 이마를 닦아라.

내가 네 행운을 위해 축배를 들겠다.

햄릿 고맙습니다.

왕 거트루드, 마시지 마오.

왕비 마시겠어요. 미안해요.

왕 (방백) 독이 든 잔인데, 이미 늦었다.

(왕비가 독 잔을 들어 마시고 햄릿에게도 권한다)

햄릿 어머니, 전 아직 마시지 않겠습니다.

조금 뒤에 마시겠어요.

왕비 이리 오렴, 얼굴을 닦아 주마.

레어티즈 (왕에게 방백) 폐하, 이번에 찌르겠습니다.

왕 (레어티즈에게 방백) 그렇게 안 될걸.

레어티즈 (방백) 그렇지만 양심에 걸리는데.

햄릿 자, 삼회전을 하자. 레어티즈, 일부러 늦추는 것 같아.

좀 맹렬히 덤벼 보게, 나를 애송이 취급하지 말고.

레어티즈 그렇게 생각하신다면야, 자.

(계속 시합한다)

오즈릭 양쪽 동점.

레어티즈 자, 간다.

(레어티즈가 햄릿에게 상처를 낸다. 이어 혼전 끝에 검이 바뀌고 햄릿이 레어티즈를 찌른다)

왕 두 사람을 떼어 놓아라. 너무 흥분했다.

햄릿 아닙니다. 다시 덤벼라.

(왕비가 쓰러진다)

오즈릭 아니, 왕비님을 보십시오, 저런!

호레이쇼 양쪽이 다 피를 흘리다니. 괜찮으십니까, 왕자님?

오즈릭 괜찮으십니까, 레어티즈 경?

레어티즈 제 덫에 걸린 도요새 꼴이네, 오즈릭.

내 음모에 내가 다쳐 죽게 되었으니.

햄릿 어머니는 어떻게 되신 건가?

왕 피를 보고 실신했다.

왕비 아냐, 아냐, 저 술, 저 술이—

오! 내 아들 햄릿! 술, 술이! 난 독살당했다.

(왕비가 죽는다)

햄릿 오, 끔찍한 음모다!

여봐라, 문을 잠가라. 반역이다! 범인을 찾아라!

레어티즈 범인은 여기 있습니다, 햄릿 왕자님.

왕자님도 곧 목숨을 잃습니다.

이 세상의 어떤 약도 효과가 없을 겁니다.

이제 반시간 정도 남으셨습니다.

반역의 도구는 왕자님의 손에 쥐여 있어요.

칼끝이 날카롭고 독이 칠해져 있습니다.

이 흉계는 제게 되돌려졌군요. 보십시오.

저는 두 번 다시 일어날 수 없습니다.

왕비께서도 독살당하셨고, 저는 더 이상—

저 왕, 왕의 짓입니다.

햄릿 칼끝에 독을? 그렇다면, 독이여, 네 할 일을 다해라.

(왕을 찌른다)

일동 반역이다, 반역!

왕 오, 여봐라. 나를 지켜 다오. 내 상처는 아직 가볍다.

햄릿 자, 이 음탕하고 잔학한 살인자,

저주받을 덴마크의 왕아.

이 독약을 마셔라.

(햄릿이 왕에게 강제로 술을 마시게 한다)

이게 너의 진주냐?

어머니 뒤를 따라가라.

(왕이 죽는다)

레어티즈 그는 당연한 천벌을 받은 겁니다.

자기가 탄 독약을 마셨으니.

햄릿 왕자님, 우리 서로 용서합시다.

저의 죽음도, 아버지의 죽음도, 왕자님의 죄가 아니니

왕자님의 죽음도 저의 죄가 아니기를. (죽는다)

햄릿 하늘이 그대의 죄를 용서할 테니.

나도 자네를 따를 거야.

나는 죽네, 호레이쇼. 불쌍한 어머니, 안녕히.

이 참변을 보고 창백하게 떨고 있는 여러분,

벙어리처럼 이 모습을 보는 여러분께

나에게 시간이 있다면—냉혹한 죽음의 사신이 매정하게
독촉하지만 않는다면—오, 말씀드릴 수도 있지만—
그러나 그냥 두자. 호레이쇼, 나는 죽네.
자네는 살아 남아, 모르고 있는 이들에게
나와 나의 사정을 올바로 전해 주게.

호레이쇼 제가 그럴 거라 믿지 마십시오.
덴마크 인으로 살기 보다는 옛 로마인이 되겠습니다.
여기 독배가 아직 남아 있습니다.

햄릿 그래도 자네가 사내 아닌가?
잔을 이리 주게. 손을 놔. 이리 달라니까?
오, 신이시여. 그 얼마나 오명인가?
일이 알려지지 않고 이대로 끝난다면 말일세,
자네가 진정 나를 마음에 둔 적이 있다면,
천상의 은총은 잠시 미루고
이 험한 세상에서 고통 속에 숨을 쉬며
내 얘기를 전해 주게.

(멀리서 군대의 행진 소리. 이어 포성이 들린다)
저 전투 소리는 뭐요?

오즈릭 노르웨이의 왕자 포틴브라스가
폴란드를 정복하고 돌아오는 길에
영국의 사신을 만나 쏘는 예포의 소리입니다.

햄릿 아, 나는 죽네. 호레이쇼.

무서운 독에 내 기력은 마비됐어.

영국에서 올 소식도 듣지 못하고 죽는구나.

그러나 예언하건대 다음 국왕으로 선출될 사람은

포틴브라스야.

이게 내 유언이네.

지금까지의 자초지종을 그에게 전해 다오.

남은 건 침묵뿐이다. (햄릿은 긴 한숨을 내쉬고 죽는다)

호레이쇼 이제 고상하신 목숨도 스러졌구나.

편히 쉬십시오. 어진 왕자님.

모여드는 천사의 노래를 들으며 안식하시길!

왜 북소리가 가까워지는가?

(행군 소리와 함께 포틴브라스, 영국 사신들, 그 외 사람들 등장)

포틴브라스 그 일은 어디서 일어났소?

호레이쇼 무엇을 보고 싶으시다는 말씀이시오?

비통하고 애절한 광경을 보려거든 여기 말곤 없을 겁니다.

포틴브라스 이 무참한 시체 더미가

대참사를 말해 주고 있구나.

오, 거만한 죽음의 신이여, 무슨 연회를 열었기에

이처럼 많은 왕족들을 처참히 죽여 버렸는가?

사신 1 처참한 광경입니다.

영국에서 가져온 보고는 너무 늦었군요.

어명이 집행되어 로젠크란츠와 길든스턴이 처형되었다는

보고를 들을 귀는 이제 감각을 잃었군요.

우리의 수고에 고맙다는 치사를 어디서 들을까요?

호레이쇼 그 말, 저 입으로부터는 들을 수 없을 게요.

국왕이 생존했다 하더라도 말입니다.

국왕은 그들의 처형을 명령한 적이 없습니다.

그러나 왕자님은 폴란드에서,

당신은 영국에서 여기에 도착한 이상,

이 시체들을 사람들이 잘 볼 수 있는 단상에

높이 모시도록 명령을 내려 주십시오.

그러면 제가 아무것도 모르는 세상 사람들에게

어떻게 이런 일이 생겼는지 이야기하겠습니다.

여러분은 간음과 유혈이 낭자한 비정한 행위, 우발적이고

교활하나 부득이한 살인 그리고 결과적으로 빗나간 흉계가

그 음모자의 머리에 어떻게 떨어졌는가 하는

여러 사정을 남김없이 알 수 있을 것입니다.

포틴브라스 당장 듣고 싶소. 중신들을 불러 주시오.

나는 애통한 마음으로 나의 운명을 맞이하겠소.

나는 이 왕국의 왕위 계승권을 잊지 않고 있소.

이 기회에 그 권리를 청할 생각입니다.

호레이쇼 그 일에 대해선 저도 말씀 드릴 것이 있습니다.

그것도 왕자님의 입에서 나온 말씀이지요.

그렇지만 방금 말씀드린 일부터 처리해야겠습니다.

민심이 소란하여 음모와 오해가 어떤 불상사를

몰고 올지 모르니.

포틴브라스 부대장 네 명이 군인답게 예의를 갖추어

햄릿 왕자를 단상으로 모셔라.

왕위에 오르셨다면 가장 군주다운 군주가 되셨을 분이다.

이분의 서거를 애도하여 군악을 울리고

조포를 쏘아 세상에 알려라. 시체들을 치워라.

이런 광경은 전쟁터에는 어울리지만

여기에는 어울리지 않는다.

가서 병사들에게 조포를 쏘라고 명령하라.

(병사들 시체를 메고 나간다. 모두 퇴장. 잠시 후, 조포가 울린다)

*(끝)

뒤틀린 시대를 바로잡으려는 근대적 인물
햄릿에 대하여

대부분의 사람들은 햄릿이 지나치게 생각이 많은 탓에 정작 실행에는 옮기지 못하는 나약한 인물이라고 알고 있다. 심지어 19세기 비평가 윌리엄 해즐릿(William Hazlitt)은 햄릿을 행동이 마비된 '철학적 사색의 왕자'라 평하기도 했다. 유령이 되어 나타난 아버지로부터 복수를 부탁받은 아들은 철천지원수인 숙부를 해하려는 시도를 극이 끝날 때까지 차일피일 미룬다. 그러다 햄릿은 결국 숙부뿐 아니라 어머니, 사랑하는 연인 오필리어, 친구 레어티즈, 로젠크란츠, 길든스턴, 신하 폴로니어스, 그리고 자기 자신까지 죽음으로 몰고 간다. 셰익스피어의 4대 비극 중 가장 먼저 쓴 《햄릿(Hamlet)》의 줄거리만 보았을 때 햄릿은 분명 유약하고 감성적인 인물이다.

그러나 그것은 오해였다. 이번에 번역을 맡아 이 희곡을 꼼꼼하게 다시 읽으면서, 나는 이러한 햄릿에 대한 평가가 지나치게 인색할 뿐 아니라 정확하지 않다고 생각했다.

주체성과 합리성을 갖춘 근대적 인물, 햄릿.

햄릿은 우유부단한 인물의 전형이 아니라 오히려 합리적으로 사고하고 판단하는 근대적 인물이었다. 햄릿이 직접적인 복수를 계속해서 뒤로 미룬 것은 그가 '복수'라는 문제를 그리 단순하게 보지 않았기 때문이다. 복수를 단순히 숙부인 클로디어스를 죽이는 문제라고 본다면, 햄릿에게 이는 그다지 어려운 일이 아니었다.

제3막 거트루드의 내실에서 벌어진 폴로니어스의 살해 장면을 보면, 햄릿은 이상한 소리를 듣자마자 한 치의 망설임도 없이 칼을 겨누고 곧장 휘장을 찌른다. 바로 전 장면에서 기도하는 클로디어스를 두고 칼을 꺼내다 망설이던 것과는 사뭇 다른 모습이다(햄릿은 클로디어스가 회개하는 기도를 올리는 중에 죽으면 천국에 보내 주는 꼴이 된다고 생각하여 복수를 미루기로 한다). 이는 햄릿에게 클로디어스를 죽이는 행위 그 자체는 그리 큰 문제가 아니었다는 점을 보여 준다. 햄릿은 마음만 먹으면 왕에게 쉽게 접근할 수 있는 신분이었고, 검술 실력이 뛰어나다고 알려진 레어티즈와 비등하게 또는 우월하게 검술 대결을 펼친 것으로 보아 원수를 단칼에 해치울 수 있는 검술 실력도 갖추고 있었다.

그러나 햄릿에게 중요한 것은 단순히 원수 클로디어스를 죽이는 것이라기보다는 급격하게 변한 자신의 주변 상황과 자신의 위치를 정확하게 파악하여 대처하는 것이었다. 왕을 죽이고 난 후, 사람들에게 자신의 행동을 어떻게 변호할 것인가? 유령의 말을 믿고 저지른 짓이라는 것을 누가 믿어 줄까? 자신이 미치지 않았다는 것을 사람들에게 어떻게 설득시킬 수 있을까? 유령의 말이 사실이기는 한 것일까? 나의 주변 사람들은 믿을 만한가? 숙부의 편은 누구이며, 내 편은 누구인가? 햄릿에겐 이 모든 상황이 온갖 질문과 혼란으로 가득했을 것이다.

덴마크 왕자의 신분으로서 햄릿은 정치적 암투와 권력 다툼이 가장 저열한 형태로 드러나고 있는(삼촌이 형인 왕을 죽이고 왕위를 빼앗은 것도 모자라 왕비와 근친상간적인 결혼하는) 엘시노어 궁전 한복판에 서 있기에, 그는 이제 누구를 믿을 것인지, 자신의 행동의 준거점은 어디에 두어야 할 것인지, 어떻게 생존할 것인지를 두고 고민해야 한다. 따라서 이 희곡에서 햄릿이 처음으로 하는 대사가 "친척보단 가깝고 혈육보단 멀지(More than kin, and less than kind)"라는 점은 의미심장하다. 이때 친족을 의미하는 단어 'kin'과 같은 종 또는 성질을 의미하는 단어 'kind'는 단 한 음절만의 차이를 가질 뿐이다. 그러나 두 단어의 구별은 이러한 작은 차이에 의존하며, 햄릿은 이러한 차이의 중요성을 잘 알고 있다. 반면 형을 죽이고 근친상간적 결혼을 감행한 클로디어스는 이러한 '차이'와 '구별'을 무너뜨리는 존재이다. 클로디어스로 인해 친족(kin) 간의 구별은 삼촌이자 아버지, 어머니이자 숙모, 조카이자 아들로 무너져 버린다.

햄릿은 이처럼 어지러운 사회 속에서 자신이 홀로 서 있다는 것을 깨닫는다. 이 오염되고 부패한 사회에서 햄릿은 어떻게 행동해야 하는지, 또는 행동을 하기는 해야 하는 것인지, 혹은 '행동한다는 것'이 도대체 무엇인지 알아내거나 결정할 수 없다. 이러한 햄릿의 모습과 대조되는 극중 인물이 레어티즈이다. 레어티즈는 자신의 아버지 폴로니어스가 죽었다는 소식을 듣자마자 "천벌도 두렵지 않"으며 "무슨 일이 닥쳐도 내 반드시 아버지의 원수를 갚을 것"이라고 말하며 주저 없이 햄릿에게 복수하려 한다(제4막 제5장). 그와 달리 햄릿은 왕자로서 원수인 숙부의 죽음을 넘어서 이 세상의 법과 도덕 체계에 관해 고민한다. 햄릿은 스스로 이 "뒤틀린 시대"를 "바로잡기 위해 태어났다"고 독백하는데, 이는 그가 단순히 숙부에 대한 복수뿐만이 아니라 "무언가 썩어 버린" 덴마크 왕실의 질서, 국가의 질서, 나아가 세계의 질서를 바로잡으려 애썼다는 점을 보여 준다.

그러나 옳고 그름을 흩뜨려 스스로 마음대로 법을 만들어 내는 왕 클로디어스와 달리, 햄릿은 자신만의 법을 만들기에는 너무도 무력하다. 극중 햄릿은 왕위를 강탈한 자인 숙부 클로어디스의 칙령을 거스르고, 폐지하고, 대체할 방법을 찾는 데 골몰한다. 따라서 숙부 살해라는 단순한 복수 행위는 계속해서 지연된다. 그러나 이 복수 지연이야말로, 햄릿이 가진 유약하고 우유부단한 성격을 드러내는 것이 아니라 그가 주체적으로 사고하고 선택하여 행동하는 합리적인 근대인이었음을 보여 주는 것이다.

'응시'의 중요성

주체적이고 합리적으로 사고하기 위해 햄릿이 선택한 방법은 '응시'이다. 특히 햄릿은 미친 척 자신을 가장한 채 타인을 관찰한다. 폴로니어스의 말처럼 엘시노어 궁전은 "신앙심이 두터운 표정에 경건한 척한 행동으로 악마라도 감쪽같이 속이는 일이 다반사"인 곳이기에, 숨겨진 진실을 파악하기 위해서는 "보이지 않는 곳에서 보는"(seeing unseen) 것이 중요하기 때문이다. 따라서 이 극에는 유난히 염탐하거나 감시하는 장면이 많이 등장한다. 햄릿과 마찬가지로 서 있는 클로디어스와 그 일패들 또한 햄릿의 의중을 파악하기 위해 염탐하거나 감시 활동을 벌인다. 제2막 제2장에서 폴로니어스는 햄릿이 미친 원인을 파악하기 위해 햄릿과 만나고 클로디어스는 몸을 숨긴 채

이를 관찰한다.

제3막 제1장에서는 클로디어스와 폴로니어스가 숨어 오필리어와 만나는 햄릿을 염탐한다. 그러나 이러한 타인의 염탐과 응시를 이미 파악하고 있던 햄릿은 광증으로 자신을 위장하며 속내를 드러내지 않을 뿐 아니라 오히려 자신을 염탐하는 자들을 조롱하며 비웃는다.

예를 들어, 햄릿은 자신을 염탐하러 온 길든스턴에게 자신을 악기처럼 마음대로 다룰 순 없을 것이라고 일갈할 뿐 아니라, 폴로니어스에게는 저 구름이 무엇처럼 보이는지 계속 고쳐 대답하게 하거나(제3막 제2장), 말 많은 오즈릭에게는 매우 춥다느니 덥다느니 하며 모자를 썼다 벗었다 하게 만든다(제5막 제2장). 이처럼 햄릿은 자신을 염탐하러 온 사람들을 꾸짖거나 조롱하고 있다. 왜냐하면 누군가를 '응시한다'는 것은 응시당하는 객체에 대해 권력을 갖게 된다는 것을 의미하기 때문이다. 그는 응시의 중요성을 잘 알고 있었다.

보여 주기와 보기의 극적 장치

이처럼 《햄릿》에서 '보여 주기/보기'가 중요한 극적 장치로 등장하는 것은 극이 상연되던 당시의 시대적 상황과 사회 변화를 반영하는 것으로 보인다. 셰익스피어가 작품을 쓰던 때는 상업이 발달하고 무역을 통해 도시가 번성하는 등, 초기 자본주의가 태동하던 영국의 엘리자베스 여왕 통치 시대이다. 이 당시 신분이 고정되어 있던 중세의 장원과 다르게 중간 계층인 상공업 인구가 급속하게 확대되었으며, 다양한 계층이 뒤섞인 도시들이 성장하고 있었다. 특히 도시의 발달은 태생이 다양한 사람들, 즉 여러 계급과 여러 마을 출신의 사람들이 한 공간에 모여 살게 함으로써 전통적인 신분 질서에 약간의 균열을 가져왔다.

누구의 아들이자 딸로 신분과 역할이 고정되어 있던 시골의 마을/중세 장원과 달리, 번잡한 도시에서 서로의 신분을 확인하기 위해서 그 사람의 의복이나 행동거지와 같은 외관을 관찰하는 것에 주로 의존해야 했기 때문이다. 이러한 변화를 통해 사람들은 자신에게 주어진 신분과 고정된 역할에서 벗어나 다른 계급의 역할을 '연기'하는 것이 가능함을 배워 나갔다.

따라서 이제 사람들은 자신의 역할에 맞는 행동과 겉모습을 '보여 주는' 것, 자신의 계급에 맞는 혹은 계급과 달리 멋진 겉치레와 행동거지를 '꾸며 내는' 것의 중요성을 인식하게 되었다. 그렇기에 폴로니어스는 유학을 떠나는 아들 레어티즈에게 "주머니 사정이 허용하는 한 비싼 옷을 입되 야단스러운 차림은 안 된다. 고급스럽되 천박하지 않게" 입으라고 충고한다. 그의 말처럼 이제 "의복은 인격을 말해 주기 때문"이다(제1막 제

3장). 또한 성루에 나타난 유령이 선왕인지 아닌지 알 수 있게 하는 것은 유령이 입고 있던, 선왕의 문장이 새겨진 '갑옷'이라는 외관이었다(그렇지 않으면 굳이 유령이 갑옷 차림으로 나타날 이유가 있을까?). 이처럼 외관의 중요성, 보여 주기와 보기의 역학에 대해 잘 알고 있던 햄릿이, 미친 척 연기를 시작했을 때 가장 먼저 한 행동도 옷매무새를 풀어헤친 차림으로 오필리어 앞에 나타나는 것이었다.

근대인, 변화하는 사회상을 보여 준 최고의 역작

급변하는 사회에서 보이는 것과 보는 것이 중요해짐에 따라 사람들을 '볼 수 있는 능력'은 곧 힘이 된다. 따라서 햄릿은 연기를 통해 자신을 숨긴 채 주변을 응시하고 관찰함으로써 복수를 위한 힘을 키우고자 했다. 이것이 급변하던 권력의 암투 속에서 생존하기 위해 그가 취했던(그러나 실패로 돌아간) 전략이었다. 이처럼 합리적인 이성을 지닌 근대인을 주인공으로 내세우는《햄릿》은 변화하는 당대의 사회 상황을 충실하게 반영하는 흥미로운 극으로써, 셰익스피어 극 가운데서도 단연 최고의 역작이라 하겠다.

마지막으로, 번역에 많은 도움을 주신 강홍남 선생님, 한경동 선생님께 감사드리며, 본 번역을 위한 원문으로 2008년 옥스

퍼드 출판사에서 출간된 《햄릿》(G. R. Hibbard ed., New York: Oxford, 2008)을 사용했으며, 1985년 아든판 《햄릿》(Prince of Denmark., Ed. Philip Edwards, Cambridge: Cambridge UP, 1985) 초판을 참조했음을 밝혀 둔다.

1564년 잉글랜드 중부에 위치한 스트랫퍼드 어폰 에이번(Stratford-upon-Avon)에서 아버지 존 셰익스피어(John Shakespeare)와 어머니 마리 아덴(Mary Arden) 사이에서 8남매 중 셋째, 장남으로 태어났다. 당시 셰익스피어의 가정은 비교적 유복해 풍요로운 소년 시절을 보냈다.

1575년 문법 학교에서 문법, 논리학, 수사학, 문학 등을 배웠다. 특히 성서와 더불어 오비디우스의 《변신》은 셰익스피어에게 상상력의 원천이 되었다.

1577년 가운이 기울어 학업을 중단했다.

1582년 여덟 살 연상인 앤 해서웨이(Anne Hathaway)와 결혼했다.

1583년 5월 첫아이 수잔나(Susanna)가 태어났다.

1585년 2월 이란성 쌍둥이 아들 햄닛(Hamnet)과 딸 주디스(Judity)가 태어났다. 1582년 이후 7~8년간 고향을 떠나 떠돌아다녔는데, 이 기간 동안 그가 어디서 무엇을 했는지 명확한 기록으로는 남아 있지 않다.

1593년 장시《비너스와 아도니스》를 발표했다.

1594년 장시《루크리스》를 발표했다.《비너스와 아도니스》《루크리스》이 두 편의 장시로 그는 시인으로서의 명성을 확립했다. 런던 연극계를 양분하던 궁내부 장관 극단의 전속 극작가가 되었다.

1595년《한여름 밤의 꿈》이라는 낭만 희극을 상연하여 호평을 받았다.

1596년 아들 햄닛이 사망했다.

1599년 궁내부 장관 극단이 템스 강 남쪽에 글로브 극장(The Globe)을 신축했다.

1601년 아버지 존 셰익스피어가 사망했다.

1609년 《셰익스피어 소네트》를 출간했다.

1616년 4월 23일 사망했다. 고향의 홀리 트리니티(Holy Trinity) 교회에 안장되었다.

셰익스피어는 희곡 37편, 장시 2편, 소네트(14행 시) 154편을 남겼다. 그중 그의 희곡 작품들은 상연 연대에 따라 4기로 구분된다.

제1기(1590~1594) : 습작기. 주로 사극과 희극 집필

1590~1591년 《헨리 6세 2부 · 3부》
1591~1592년 《헨리 6세 1부》
1592~1593년 《리처드 3세》《실수의 희극》
1593~1594년 《타이터스 · 앤드로니커스》《말괄량이 길들이기》

제2기(1595~1600) : 성장기. 낭만 희극의 시기

1594~1595년 《베로나의 두 신사》《사랑의 헛수고》
《로미오와 줄리엣》
1595~1596년 《리처드 2세》《한여름밤의 꿈》
1596~1597년 《존 왕》《베니스의 상인》
1597~1598년 《헨리 4세 1부 · 2부》
1598~1599년 《헛소동》《헨리 5세》
1599~1600년 《율리우스 카이사르》《뜻대로 하세요》
《십이야(夜)》

제3기(1601~1608) : 원숙기. 비극의 시기

1600~1601년 《햄릿》《윈저의 즐거운 아낙네들》

1601~1602년 《토로일러스와 크레시다》

1602~1603년 《끝이 좋으면 다 좋아》

1604~1605년 《자에는 자로》《오셀로》

1605~1606년 《리어 왕》《맥베스》

1606~1607년 《안토니와 클레오파트라》

1607~1608년 《코리오레이너스》《아테네의 타이먼》

제4기(1609~1613) : 로맨스극(비희극)의 시기

1608~1609년 《페리클리즈》

1609~1610년 《심벨린》

1610~1611년 《겨울 이야기》

1611~1612년 《폭풍우》

1612~1613년 《헨리 8세》

옮긴이 **한우리**

중앙대학교에서 영어영문학과를 졸업하고 동 대학원에서 비평 이론을 전공했다. 《리어 왕》, 《맥베스》, 《로미오와 줄리엣》 등을 옮겼다.

햄릿

1603년 오리지널 초판본 표지디자인 양장 에디션

초판 1쇄 펴낸 날 2020년 3월 25일
초판 2쇄 펴낸 날 2024년 5월 30일

지은이 윌리엄 셰익스피어
옮긴이 한우리
펴낸이 장영재
펴낸곳 (주)미르북컴퍼니
자회사 더스토리
전화 02)3141-4421
팩스 0505-333-4428
등록 2012년 3월 16일(제313-2012-81호)
주소 서울시 마포구 성미산로32길 12, 2층 (우 03983)
E-mail sanhonjinju@naver.com
카페 cafe.naver.com/mirbookcompany
SNS instagram.com/mirbooks

* (주)미르북컴퍼니는 독자 여러분의 의견에 항상 귀 기울이고 있습니다.
* 파본은 책을 구입하신 서점에서 교환해 드립니다.
* 책값은 뒤표지에 있습니다.